第六病室

[俄罗斯] 安东·巴甫洛奇·契诃夫 著

谷羽 译

新流出品

任何鼓吹对富裕冷淡、对生活的舒适冷淡、对痛苦和死亡加以蔑视的学说，对绝大部分人来说是无法理解的，因为这大部分人从来也没有享受过富裕，也从没享受过生活的舒适。对他们来说，蔑视痛苦就等于蔑视生活本身，因为人的全部实质就是由饥饿、寒冷、委屈、损失等感觉以及哈姆雷特式的畏惧死亡的感觉构成的。全部生活不外乎这些感觉。人也许会觉得生活苦闷，也许会痛恨这种生活，可是绝不会蔑视它。

"请您换衣服吧,老爷,"他小声说,"这是您的床,请到这边来,"他一边说,一边指一指那张空床,那分明是不久以前搬进来的,"不要紧,求上帝保佑,您会复原的。"

月亮或监狱并没有什么特别的地方。精神健全的人也戴奖章,随着时光的流逝,世间万物早晚都会腐朽,变成泥土。忽然,绝望的情绪笼罩了他的心,他伸出双手抓住窗户上的铁栏杆,拼命地摇晃。坚固的铁栏杆却纹丝不动。

一

　　医院的院子里有间不大的厢房,牛蒡、荨麻和野生大麻围绕四周,犹如丛林。厢房的房顶锈迹斑斑,烟囱已经歪斜,门前台阶损坏,杂草丛生,墙上的灰泥只剩下残缺不全的痕迹。厢房的正面对着医院,背面朝向原野,把厢房和原野隔开的是医院的灰色围墙,墙头插满了钉子,钉子尖头朝上。这些钉子、这道围墙、这座厢房本身,样子特别阴森、恐怖，在我们这里，只有医院和监狱的建筑才会让人感到绝望。

如果您不怕被荨麻扎伤，那就顺着通向厢房的羊肠小道走过去，瞧瞧里面都干些什么吧。推开头一道门，我们就走进了穿堂间。在这里，靠墙的火炉周围，堆满了医院里丢弃的破烂：褥垫、破罩衣、旧大褂、裤子、拖鞋、蓝条衬衫、破鞋烂袜，所有这些废弃物堆在那里，皱皱巴巴，混乱不堪，正在冒出一股腐烂令人窒息的臭气。

看守人尼基塔是个上了年纪的退伍兵，衣服上的肩章已经褪成棕色，躺在破烂堆上，嘴里叼着烟斗，是他多年养成的习惯。

他的面相色厉内荏，滋生的眉毛高扬，给那张脸平添了草原牧羊犬的意味。他的鼻子发红，身材不高，虽说长得清瘦，却体格结实，气派威严，拳头有力。他属于那种心地简单、说到做到、办事可靠、脑筋迟钝的一类人。这种人活在世界上最看重的莫过于安分守己，因此他们相信，维持秩序非打人不可。作为看守，尼基塔习惯于打人，打他看守的人，扇耳光、捶胸脯、砸后背，抡起拳头来，碰到哪儿打哪儿，他坚信，不打人，难以维持秩序，不打人，一切就要乱套了。

随后您就走进一个宽绰的大房间，要是不把穿堂间算在内，整个厢房里就只有这个房间了。这儿的墙壁涂了一层难看的浅蓝色，天花板熏得黢黑，就跟不装烟囱的农舍差不多。一眼就能看明白，到了冬天，这里的炉子经常冒烟，房间里净是煤气。窗子里面钉着一排铁栏杆，很刺眼。地板灰白，坑洼不平。酸白菜的气味儿、煤油灯芯的焦煳味儿、臭虫、阿摩尼亚药水味，弄得房间里臭烘烘的，您进来不到一分钟，这种臭气就让您感觉窒息，似乎走进了牲畜圈。

房间里摆着几张床，床脚固定在地板上。床上有人坐着，有人躺着，全都穿着医院的蓝色罩衣，有的戴着老式的睡帽。待在这里的人——都是精神病患者。

患者共有五个人，只有一个出身贵族，其余的都是小市民。靠近房门的那个又高又瘦的小市民，长着红褐色的唇髭，眼睛泪汪汪的，坐在床上双手托着下巴，瞅着一个地方发呆。他一天到晚忧心忡忡，摇头，叹气，苦笑。别人讲话，他很少插嘴；人家问他什么话，他也不愿回答。给他吃食，他随手拿起来就吃，给水就喝。从他痛苦的、不停的咳嗽声，从他形体消瘦、脸颊红晕判断，他这是肺痨病的初期症状。

这个患者旁边是个老头儿，身材矮小，活泼好动，留着尖尖的小胡子，长着跟黑人似的鬈曲黑发。白天，他在病室里从这个窗口走到那个窗口，或者盘着腿坐在床上，跟土耳其人有几分相像。他像灰雀那样不停地吹口哨，轻声歌唱，嘿嘿地傻笑。到了晚上，他也显现出孩子气，性格欢乐又活泼。他从床上起来向上帝祷告，两只拳头捶打胸口，用手指头抓门。这个人就是犹太人莫依先卡，一个十足的傻瓜，二十年前，帽子作坊失火焚毁的时候，他受到惊吓，变成了疯子。

第六病室的所有病患者当中，只有他一个人得到允许，可以走出房间，甚至可以走出医院的院子，可以上街随便溜达。他享受这个特权已经很久，或许因为他是医院里的老病号，又是个安分的、不会伤害别人的傻瓜，市民公认的滑稽小丑。他在街道上被小孩子和狗团团围住的情景，城里人早已经看惯了。他穿着破旧的罩衣，戴一顶可笑的睡帽，穿着拖鞋，有时候光着脚，甚至不穿长裤，在街上走来走去，在民宅和小店门口停留，伸手乞讨，要点儿小钱。遇到好心人，有的给他点儿格瓦斯喝，有的给他块面包吃，有的给他个小钱，因此他总是吃得饱饱的，往往会满载而归。他带回来的那些东西，统统被尼基塔从他身上搜去，据为己有。这个退伍兵干起这种事来很粗暴，满怀怒气把犹太人的布袋翻个底朝天，而且还发誓赌咒，要上帝做证，说他绝不让这个犹太佬再上街，说这种不安分守己，是世界上所有坏事当中最糟糕的祸害。

莫依先卡喜欢给人帮忙。他给同伴们端水，有人睡着了，他会给他们盖被子。他答应每个人，说等他从街上回来，一定给每个人一个小钱，给每个人缝一顶新帽子。他还用一把调羹喂他左边的同伴吃东西，那人是个瘫子。他这样做不是出于同情，也不是出于人道主义的慈悲心肠，而是模仿他右侧的同伴格罗莫夫的行动举止，不知不觉受到了他的影响。

伊万·德米特里奇·格罗莫夫是个三十三岁上下的男子，出身贵族家庭，做过法院的民事执行员和十二品文官，他患的病症是受虐狂。他或者躺在床上，把身子蜷缩成一团，或者在房间里从这个角落走到那个角落，似乎在锻炼身体。他坐着的时候很少。他老是迷迷糊糊地感到惶恐，因此常常激动、焦躁、紧张。只要穿堂间传来轻微的声响，或是院子里有人叫唤一声，他就抬起头来，竖起耳朵：是不是有人要来抓他了？是不是有人想搜查他？遇到这种情况，他脸上就浮现出极度不安和厌恶憎恨的表情。

　　我喜欢他颧骨高高的宽阔面庞，脸色一直苍白，显得心事很重，像镜子一样反映出内在的心灵：长期苦苦挣扎，忍受着惊恐的纠缠、折磨。他这种愁眉苦脸的样子，显得古怪而病态，不过，深刻纯真的痛苦在他脸上刻下的细细皱纹，却彰显出智慧与理性，他的眼睛释放出热情健康的光芒。他这个人本身，就让我喜欢。他有礼貌，为人勤快，乐于为别人出力。除了对尼基塔以外，他对所有人都体贴入微。不管谁失手掉了一个扣子或者一把小勺子,他总是连忙从床上跳下来,捡起那件东西。每天早晨他都要向同伴们说声"早安",临睡觉之前,也要向他们道声"晚安"。

除了经常惶恐紧张,显露出愁眉苦脸以外,他的疯病还有下列症状:每到傍晚,有时候他把身上短小的罩衣裹一裹,浑身哆嗦,牙齿打战,很快地从房间这头角落走到那头角落,在床铺之间穿来绕去。看起来,他似乎在发高烧。他会忽然站住,瞧一眼同伴,看样子,他分明有很重要的话想说出口,可是,估计别人不爱听,而且也听不懂他所说的话,随即就烦躁地摇晃脑袋,仍旧走来走去。然而不久，说话的欲望压倒了一切顾虑，占据了上风，他再也管不住自己，便热情奔放地开了口。他的话滔滔不绝，说得凌乱急促，如同梦呓一般，前言不搭后语，常常让人听不懂；不过从另一方面品味，不管是话语，还是声调，都让人听出一种非常优雅的内涵。只要他一讲话，您就会发现，他既是疯子，又是个正常人。他那些疯话很难记录到纸上。他议论人的卑鄙，谴责践踏真理的暴力，说将来总有一天地球上会出现美好的生活，讲到窗户上的铁栏杆，时时刻刻提醒他牢记强暴者的麻木与残忍。结果他的话就变成了凌乱的散曲，其中夹杂着许多虽说古老，却尚未过时的歌词片段。

二

大概在十二至十五年之前,城里最繁华的街道上,一所私人住宅里,住着文官格罗莫夫,他是个体面富裕的人。他有两个儿子,谢尔盖和伊万。谢尔盖在大学里读到四年级的时候,不幸得急性肺痨死了。大儿子的死亡似乎是个不祥的信号,标志着格罗莫夫一家一连串灾难的开端。谢尔盖埋葬后仅仅过了一周,他的父亲,上了年纪的格罗莫夫,由于伪造文件和挪用公款而被送审,随后不久因患伤寒死在监狱的医院里。他家的房子以及所有的财产都被充公拍卖,伊万·德米特里奇和他母亲眨眼之间变得一贫如洗，陷入了无法生存的困境。

从前，有父亲接济，伊万·德米特里奇住在彼得堡，在大学里读书，每月收到六七十个卢布，根本不晓得什么叫作贫困，现在他的生活却发生了急剧的转变。为了挣几个小钱，他不得不从早到晚当家庭教师，辅导孩子上课，或者做抄录员，即便如此，仍然忍饥挨饿，因为他把差不多全部收入都寄给母亲勉强度日了。伊万·德米特里奇忍受不了这种艰难的日子；他灰心丧气，身体虚弱，放弃了大学的学业，就回家来了。在这个小县城里，他托人情在县立学校找了个教员的职位，不料，跟同事们合不来，学生们也不喜欢他的课，不久他就辞职不干了。

母亲死了。他有半年找不到工作,只能靠面包和水勉强维持生存,后来当了法院的民事执行员,这个差事一直干到他因病被辞退为止。

伊万·德米特里奇向来身体不好,即便年轻时在大学读书的时候,给人的印象也是病恹恹的样子。他素来面色苍白,体格消瘦,动不动就伤风感冒。他吃得少,睡不好。只要喝上一杯葡萄酒,他就头晕,变得歇斯底里,脾气暴躁。他一直喜欢跟人们交往,可是由于他爱生气的秉性和多疑的性格,从来没有结交过知己或亲近的朋友。对于城市里的人,他总是以轻蔑的眼光看待,说他们愚昧无知浑浑噩噩,像猪狗一般活着，既卑微又讨厌。他说起话来，音调响亮，语气激昂，要么口气愤愤不平，要么讲得热切而惊讶，可是听讲的人却觉得他态度诚恳。不管人家跟他说什么，他总是把话题归结为一点：在这个城里生活既无聊又苦闷，社会缺乏高尚的情趣，生活黯淡，毫无价值；为生活增添色彩的只有暴力、腐败放荡以及伪善与欺骗；卑鄙的坏人吃得饱，穿得暖，正直人士却饥寒交迫；社会需要创办学校，需要立论公正的地方报纸，需要剧院，需要公开的演讲，需要知识分子力量的团结；必须让社会认清自己的现状，让社会警醒，产生危机感才有转机。他批评人们的时候，语言色彩浓重，非黑即白，任何其他色调都不适用。在他看来，人类分成正直人士与败类，中间人是不存在的。谈到女人和爱情，他总是讲得热烈而亢奋，可是他从来没有恋爱的经历。

在这个县城里，尽管他尖刻地批评人，容易冲动，可是大家都喜欢他，背地里亲切地称呼他万尼亚[1]。他天生干练、乐于助人、作风正派、品行高尚，尽管他的礼服又旧又小、一脸病容、家庭不幸，却引起人们的怜悯同情，那是一种既美好温暖，又凄凉悲伤的复杂情感。再者说，他受过良好的教育，读过许多书，照城里人的看法，他几乎无所

---

1 伊万的爱称。

不知，在这个小城里简直就是一部供人查询的活字典。

伊万·德米特里奇博览群书，常常坐在俱乐部里，兴奋地抚摸着稀疏的胡子，翻看杂志或浏览书籍。从他的脸色看得出来，他不是在阅读，而是在咀嚼那些书页，匆匆忙忙就吞咽下去。人们或许认为，读书是他的一种病态嗜好，因为不管他碰到什么，哪怕是往年的旧报纸或者日历，也一概贪婪地抓过来，读下去。他在家里总是躺着看书。

三

秋天的一个早晨,伊万·德米特里奇竖起大衣的领子,踩着脚下的污泥,穿过后街和小巷,去见一个小市民,带着一张执行票据到他家里去收钱。他心绪阴沉,每天早晨都有这样的感觉。在一条小巷里,他遇见了两个戴镣铐的犯人,四个带枪的解差押送他们。以前伊万·德米特里奇也常常遇见犯人,每次他们都引起他心中的怜悯,让他心情压抑,这次的不期而遇却在他心里留下了特别怪异的联想。不知什么缘故,他忽然觉得,自己也可能戴上镣铐,像那样走过泥泞,被人押送到监狱里去。找到那个小市民以后，在回家的路上，他在邮政局附近碰见一个认识的警官，那人跟他打招呼，肩并肩顺着大街走了几步，不知什么原因，他觉得十分可疑。回到家里，那两个犯人和带枪的解差一直在他脑子里闪现，无论如何难以摆脱，难以理解的不安情绪搅得他无法看书，难以集中精力思索什么。到傍晚他在自己房间里没有点灯，夜里也睡不着，翻来覆去地寻思：他可能也会被捕，戴上镣铐，被关进监狱。他知道自己从未做过犯法的事，而且能够担保，将来也绝不杀人放火，绝不会偷东西。不过，话说回来，偶然的无意识犯罪，不是也很容易吗？再说可能受人诬陷，最后，还有审判失误，不是也在随时发生吗?难怪老百姓多年积累的经验告诫人们:谁也不能保证一辈子不要饭、不坐牢。眼下这种审判程序,审判方面的差错很难避免,这没有什么可奇怪的。法官、警察、医师,他们的职位和业务,都跟别人的痛苦有牵连,时间一长,习惯了受力量支配,人们会变得冷漠麻木,对他们的当事人,态度敷衍;在这一方面,他们跟在后院里屠牛宰羊却漠视流血的农民没有什么差别。既然法官对人采取敷衍了事、冷酷无情的态度,那么为了剥夺无辜者的一切公民权,判刑罚他服苦役,就只需要一个条件,那就是时间。只要有时间完成法定手续,就大功告成了,而法官们正是凭借这些本职差事才能领取薪俸。判决之后,你在这肮脏污秽的小县城里,休想寻找到维护正义和自我辩解的机会,要知道这小城距离铁路线足有二百俄里,那是多么遥远啊!再者说,既然社会舆论认为,一切暴力都是合理合法的必要手段,各种慈善行为,例如宣告无罪的判决,必定引起沸沸扬扬的不满和报复情绪,那么,就连想到"正义"这个词不也是很可笑的吗?

早晨,伊万·德米特里奇从床上起来,心里就害怕,脑门上直冒冷汗,他已经完全相信,自己随时可能被捕。既然昨天的阴郁情绪这么长时间都难以摆脱,他想,其中必有一定的道理。的确,那些念头绝不会平白无故就钻进他的脑子里来。

有个警察不慌不忙地走过他的窗口，一定有什么原因。看，房子附近，有两个人站着不动，也不说话。他们沉默不语到底是什么缘由呢？

从此，伊万·德米特里奇白天黑夜都提心吊胆，忍受着精神折磨。凡是路过窗口或走进院子里来的人，他都觉得不是间谍，就是密探。中午，县警察局长照例坐一辆马车走过大街，这是他从近郊的庄园去警察局，可是伊万·德米特里奇每回都觉得他的车子走得太快，而且他的脸上有一种特殊的神情：他分明急着要去说明，城里发现了一个重要罪犯。门口有人拉铃，敲门，伊万·德米特里奇情不自禁就打个冷战,每逢在女房东房间里碰到陌生的客人,他就坐立不安。一碰到警察和宪兵,他就微笑,吹口哨,以此显示他心里满不在乎。他一连好几个夜晚因担心被捕而睡不着觉,可是又像睡熟的人那样大声打鼾,呼气,好让女房东听见,以为他睡着了。因为,要是他睡不着,一定是由于良心受到煎熬:这就是特别重要的罪证!事实和正常的逻辑让他相信,所有这些惊恐都很荒唐,源自心理作用。要是眼界更宽阔地看,即便被捕、监禁,其实并不那么可怕,只要良心平静就好,可是他越有理性、思考越有条理,内心反而愈加不安,这让他愈发痛苦。这倒跟一个传说有几分相像了：说是有个隐士，想在一片茂密的树林里为自己开辟一小块空地，他越是辛辛苦苦用斧子砍，树林反而长得越密越茂盛。到头来，伊万·德米特里奇看出这些疑虑毫无用处，索性就不再思考忧虑，任凭绝望和恐惧来折磨自己了。

他开始见人就躲避，渴望过离群索居的日子。对于自己的职务，起初他就不喜欢，现在简直就干不下去了。他生怕会被人蒙骗，中了什么圈套，冷不防往他口袋里塞点贿赂，然后去揭发他，或者自己不小心，在公文上出个差错，类似伪造文书，再不然弄丢了别人的钱。说来也奇怪，别的时候，他的思绪从来不像现在这样灵活机敏，为个人的自由和名誉担忧,每天他能想出上千种不同的理由来处置应对。可是另一方面,他对外界的兴趣,特别是对书籍的兴趣,却明显地淡漠,他的记忆力也越来越不可靠了。

春天,雪化了,在墓园附近的一条山沟里,发现了两具已经腐烂的尸体,一个老太婆,一个男孩,都带有因伤致死的痕迹。城里市民议论纷纷,话题不谈别的,专门谈这两具死尸和尚未查明的凶犯。伊万·德米特里奇担心别人误认为他是凶手,走在大街上,面带微笑,碰见熟人,脸色就白一阵红一阵,开始表白说,杀害弱小的孩子和无力自卫的老年人,是最卑鄙无耻的罪行。可是这种谎言不久就让他厌烦了,经过短暂的思考，他认为处在他的位置，最好的办法是躲到女房东的地窖里去。他在地窖里蹲了一天，又坐了一夜，然后又蹲了一天，实在冻得够呛，挨到天黑，就像个窃贼似的，悄悄溜回了自己的房间。他在房间中央痴呆地站着，纹丝不动，聆听外面的动静，直到天亮。大清早，太阳还没出来，几个修理炉灶的工人来见女房东。伊万·德米特里奇明明知道这些人来翻修厨房里的炉灶，可内心惊恐却暗示说，那几个人是装扮成炉灶修理工的警察。他悄悄溜出住所，提心吊胆，没穿外衣，没戴帽子，沿着大街奔跑。几只狗汪汪叫着追赶他，一个农民在什么地方高声喊叫，风在他耳朵里呼啸，伊万·德米特里奇觉得，全世界的暴力凝聚一起，在他身后穷追不舍。

人们拦住他，把他送回家，打发他的女房东去请医生。安德列·叶菲梅奇大夫吩咐在他额头上放个冰袋，要他服一点儿镇静药水，担心地摇摇头，起身告辞，临走时告诉女房东，他不会再来了，因为不想打搅精神失常的人。伊万·德米特里奇在家里没法生活，也得不到医疗，不久就被送到了医院里，安置在花柳病人的病室里。他晚上睡不着觉，任性吵闹，搅扰病人，不久就由安德列·叶菲梅奇下令，转送到第六病室去了。

过了一年，城里人已经完全忘记了伊万·德米特里奇，他的那些书籍，由女房东搬到敞棚底下堆放在一辆雪橇里,稍后不久被小孩子们陆续偷走了。

四

我已经说过,伊万·德米特里奇左边的患者是犹太人莫依先卡。他右边的邻床患者是个农民,身材肥胖臃肿,像个滚圆的球,表情呆痴,面相愚昧,毫无思想可言。这是个不爱动弹、贪吃、肮脏的动物,早就丧失了思维与感觉的能力。从他身上经常冒出一股臭气,令人厌恶。

尼基塔给他收拾脏东西的时候,总是

狠狠地揍他,抡起胳膊,一点儿也不顾惜自己的拳头。可怕的倒不是他常常挨打,对此大家都已经见怪不怪——可怕的是这个迟钝的呆子挨了拳头,却毫无反应,一声不响,一动不动,眼睛里没有任何表情,只不过稍微摇晃几下身体,仿佛一只沉甸甸的大木桶。

第六病室里第五个患者,也就是最后一个病人,是个小市民,从前当过邮政局的检信员。他个子矮小、消瘦枯干,一头金发,面容和善,又带一丝儿顽皮。他那聪明镇静的眼睛经常闪烁着快活明亮的光芒,由此判断,他的心里必定隐藏着重大的秘密,想起来就觉得愉快。他在枕头和褥子底下藏着点东西,从来不拿给别人看,倒不是怕人家抢走或偷窃,而是因为不好意思拿出来。有时候他走到窗口,背对着同室难友,把一个什么玩意儿戴在胸口上,低下头看它。要是你在这样的时刻走到他面前,他就惶恐紧张,急忙从胸口扯下那个东西来。不过要猜破他的秘密,倒也不难。

"请您为我祝贺吧,"他常对伊万·德米特里奇说,"我已经由他们呈请授予勋章,是带星星的斯坦尼斯拉夫二等勋章。带星的二等勋章只授予外国人,可是不知为什么,他们愿意破例为我颁奖,"他微笑着说,迷惑地耸耸肩膀,"是啊,老实说,这让我感到意外!"

"这类事情，我一点儿也不懂。"伊万·德米特里奇愁眉苦脸地说道。

"可是您该知道，早晚我会得到勋章的呀！"原先的检信员接着说，调皮地眯细着眼睛，"我肯定能获得瑞典的'北极星'勋章。这样高贵的勋章，值得花费点心思去张罗争取。白十字，配上黑绶带。漂亮极了！"

这所厢房里的日子如此呆板单调，大概其他任何地方都难以看到。早晨，除了瘫子和胖农民以外，病人都到前堂去，在一个大木桶那儿洗脸，用长袍底襟擦脸。这以后他们就用带把的白铁杯子喝茶，这茶是尼基塔从医院主楼拿过来的。每人只许喝一杯。中午他们喝酸白菜汤和大麦粥,中午剩下来的大麦粥,晚上接着吃。空闲的时候,他们就躺着、睡觉、朝窗外看,从这个墙角走到那个墙角。天天如此这般。原先的检信员总是时不时谈论他的那些勋章。

第六病室里很难见到新人。医生早已不收精神病患者了。再者说,世界上喜欢访问精神病院的人总是少之又少。每过两个月,理发师谢苗·拉扎里奇就到这个厢房里来一次。至于他怎么样给那些精神病患者理发,尼基塔怎么样给他帮忙,这个醉醺醺、笑嘻嘻的理发师每次光临时,精神病患者怎么样大乱一场,我在这里就不想再耗费口舌来描述了。

除了理发师以外,从来没有什么人来看看这个厢房。病人们注定了一天到晚只能看见尼基塔一个人。

不过,最近在医院主楼里人们悄悄议论,有一种传闻相当怪异。

据说,主治医生开始常到第六病室来了。

五

传闻荒谬!

从其出身来说,安德列·叶菲梅奇·拉京医生是个相当优秀的人才。据说他年轻时虔诚敬神，打算做个修道士。1863年中学毕业，他有心进神学院，可他父亲是医学博士、外科医生，对他的选择给予嘲讽，决绝地亮明态度，如果他当修道士，干脆不认他这个儿子。不知道这话是否可信，不过，安德列·叶菲梅奇不止一次承认，他对医学以及其他专业学科向来缺乏兴趣。

无论如何，医学院毕业后，他再也不提想当什么修道士的往事。他对神学没有特殊的兴趣，对于从事医务工作，一开始就缺乏热情，至今没有多大变化。

他的外貌笨拙、粗鲁，像个农民。他的面目、胡子、短平的头发、健壮却不灵活的体格，都叫人联想起路边小饭铺里的老板，贪吃肥胖、喝酒过度、脾气暴躁。他的脸布满了纤细微小的青筋，表情严肃，一双小小的眼睛，红红的鼻子。他身材高大，肩膀宽阔，手大脚大，仿佛一拳打出去——能叫人一命呜呼。可是他走起路来格外小心谨慎，脚步很轻。要是在狭窄的过道里碰见了什么人，他总是先站住让路，说声"对不起!"他说话声音并不粗声粗气，而是纤细柔和的男高音，这点实在让人觉得意外。他的脖子上长着个不大的瘤子，使他不便穿浆硬的衣领，因此他常常穿着软麻布或棉布衬衫。总而言之，他的装束不像个医生。一套衣服，他一穿就是十年。新衣服，他通常总是到犹太人的铺子里去买，经他穿在身上以后，就跟旧衣服一样皱皱巴巴的。无论给人看病，还是吃饭，或者出门做客，他总是穿着那套衣服，这倒不是出于小气吝啬，而是因为他对自己的仪表全不在意。

安德列·叶菲梅奇到这个城里来就职的时候，这个"慈善机关"的情况令人恐惧。病室里，过道上，医院的院子里，臭气烘烘，简直叫人透不过气来。医院的杂役，助理护士和他们的孩子，跟病人一块儿住在病房里。大家抱怨说这地方没法住，因为蟑螂、臭虫、耗子太多。外科病室里丹毒病症从未绝迹。整个医院里只有两把外科手术刀，温度计一个也没有。浴室里存放土豆。总务处长、女管理员、医士，都向患者勒索钱财。安德列·叶菲梅奇的前任是个老医生，据说私下里卖医院的酒精，还勾引护士和女患者，组成了他的后宫。这些乱七八糟的情形，城里人全都了解，甚至传扬得言过其实，可是大家对待这种现象却满不在乎。有人还辩白说，躺在医院里的都是小市民和农民，他们不可能不满意，因为他们家里比医院里还要肮脏混乱，总不能拿松鸡来供养住院的病人吧！还有人辩白说：没有地方自治局的资助，单靠这个小城本身是没有力量维持一个好医院的，谢天谢地，这个医院即便差一点，可总归算有一个。新成立的地方自治局，在城里也好，在城郊也好，根本没有开办诊疗所，推托说城里已经有一家医院了。

对医院做了一番观察和了解,安德列·叶菲梅奇断定这个机构道德败坏,对病人的健康极其有害。依他看来,目前所能做的顶聪明的办法就是把病人放出去,让医院关门。可是他考虑到单是他一个人的意思办不成这件事,况且这样办了也没用,就算把肉体的和精神的污秽从一个地方清除出去,污秽就像是黄豆粉,它们依旧存在。最好的办法是等待,等它们自消自灭。换句话说,人们既开办了一家医院,容许它存在下去,足以证明人们需要它。偏见以及日常生活中的种种丑陋弊端,都有其存在的理由,因为日子一长,它们就会转化为某种有益的东西，比如粪便会变成黑土。人世间没有一种好东西在它起源的时候能够不沾染任何一点肮脏污秽。

等到安德列·叶菲梅奇上任以后，他对种种乌七八糟的情形显得相当冷淡。他只要求医院的杂役和助理护士不要在病房里过夜，购置了装满两个柜子的外科器械。至于总务处长、女管理员、医士、外科的丹毒等，依旧维持原状。

安德列·叶菲梅奇格外欣赏智慧与正直，可是说到在自己周围建立一种合理而正常的生活秩序，他既不是那种性格，对于维护自己的权利，他也缺乏信心。下命令、禁止、坚持，他根本办不到。这就像他曾经发誓赌咒，永远不提高嗓门儿说话，永远不用命令的口吻对待下属。要他说一句"给我这个"或者"把那个拿过来"，都很困难；他要吃东西的时候，总是迟疑地咳嗽一声，对厨娘说："最好给我喝点茶……"或者"是不是我该吃饭啦？"至于告诫总务处长别再偷东西，或者赶走他，再不然干脆取消这个不必要的、寄生虫似的职位，他是完全没有力量办到的。安德列·叶菲梅奇每逢受到欺骗或者听人吹捧奉承，或者看到一份明明知道是伪造的账单送来请他签署的时候，他的脸就红得像龙虾一样，觉得内心愧疚，不过账单该签字还得照签不误。每逢病人向他抱怨说他们吃不饱，或者责怪助理护士态度粗暴，他就神态窘迫，以抱歉的口气喃喃地说：

"好，好，以后我调查一下……大概是出了什么误会……"

开头两三年，安德列·叶菲梅奇工作很勤快。每天从早晨起到吃午饭的时候为止，他一直给病人看病、动手术，甚至接生。女人们说他工作用心，诊断很灵验，特别是妇科病和小儿科病症。可是日子一久，由于工作单调且成效并不明显，他渐渐感到厌倦了。今天接诊三十个病人，到明天一看，增加到了三十五个，后天又增加到四十个，照这样一天天，一年年地干下去，城里的死亡率并没减少，病患者仍旧不断地来。从早晨起到吃午饭为止，要对四十个门诊病人真正有所帮助，那是体力上难以办到的，因此这就不能不匆忙应付。一年接诊一万两千个门诊病人，如果简单地想一想，那就等于蒙骗了一万两千人。至于把病重的患者都送进病房，照科学规则给他们治病，那也办不到，因为规章制度倒是有，但不遵循科学依据。要是他丢开哲学，照别的医生那样一板一眼地依照规则办事，那么首先，最要紧的就是消除肮脏，保持清洁与通风，取消臭烘烘的酸白菜汤，供应有益健康的营养食品，取消偷偷摸摸，任用品质良好的助手。

不过话说回来，既然死亡是每个人正常的、注定的结局，那又何必阻拦，不让他死亡呢？要是一个小商人或者文官多活个五年十载，那又有什么好处呢？要是认为医疗的目的在于借药品减轻痛苦，那就不能不提出一个问题：为什么要减轻痛苦呢？第一，据说痛苦可以使人达到精神完美的境界；第二，人类要是真学会了用药丸和药水来减轻痛苦，就会完全抛弃宗教和哲学，可是直到现在为止，在这两种东西里，人们不但找到了逃避各种烦恼的保障，甚至找到了幸福。普希金临死忍受了极大的痛苦，可怜的海涅躺在床上瘫了好几年，那么其他的人，安德列·叶菲梅奇也好，玛特辽娜·萨维希娜也好，生点儿病又有什么关系呢？反正他们的生活根本就没有什么意义，如果再没有痛苦,就会完全空虚,跟阿米巴虫的生活一样了。

安德列·叶菲梅奇受这类想法拖累,变得心灰意冷,不再天天准时到医院里去了。

六

他的生活就这样度过。他照例早晨八点钟起床,穿好衣服,喝茶。然后他坐在自己的书房里看书,或者到医院里去。这边,在医院里,门诊病人坐在又窄又黑的小过道里等候看病。医院的杂役和助理护士在他们身边跑来跑去,皮靴在砖地上踩得咚咚响;身穿长袍、面容憔悴的病人也从这儿行走。死尸和装满脏东西的器具也从这儿抬过去。小孩子啼哭,过堂风吹进来。安德列·叶菲梅奇知道这种环境对发烧、害肺痨、一般敏感的病人是有害的,可是又有什么办法呢?在候诊室里,他遇见医士谢尔盖·谢尔盖伊奇,那是个矮胖子,圆圆的脸蛋,洗得干干净净,胡子刮得精光,态度温和沉稳,穿一身肥大的新衣服,看上去与其说像医士,倒不如说更像枢密官。他在城里私人行医中,名气很大,很多人找他看病。他打着白领结,自以为比医生更精通医术,因为医生都不私自行医。候诊室的墙角神龛里供着一尊圣像,面前点着一盏笨重的长明灯,旁边有个读经台，蒙着白罩布。墙上挂着主教的像、圣山修道院的照片、一圈圈干枯的矢车菊。谢尔盖·谢尔盖伊奇信教，喜欢庄严的仪式。圣像是由他出钱设置的。每到星期日，他指定一个病人在这候诊室里大声诵读赞美诗。读完以后，谢尔盖·谢尔盖伊奇就亲自拿着手提香炉，摇晃着它，散出里面的香烟，走遍各个病室。

病人很多，可时间很少，因此诊病工作就只限于简短地询问病情，开一点药品，例如挥发性油膏或蓖麻油等等。安德列·叶菲梅奇坐在那儿，用拳头支着面颊，心不在焉地随口提问。谢尔盖·谢尔盖伊奇也坐下，搓着手，偶尔插一句嘴。

"我们生病，受穷，"他说，"是因为我们向慈悲的上帝祷告时缺乏虔诚。是的！"

安德列·叶菲梅奇诊病的时候从来不动手术，他早已经不干这种事了，一看见血迹，心里就扑通通乱跳。每逢他不得不掰开小孩儿的嘴巴，看一下喉咙，而小孩却哭哭啼啼，极力用小手抗拒的时候，他的耳朵里就嗡嗡乱响，弄得他头昏脑涨，眼睛里涌出泪水来。他匆匆忙忙开个药方，摆摆手，让女人赶快把孩子抱走了事。

诊病的时候，病人的胆怯和前言不搭后语，再加上身边坐着严肃的谢尔盖·谢尔盖伊奇、墙上的照片、二十多年来他反反复复问过不知多少次的那些话，不久就弄得他心烦意乱了。看过五六个病人以后,他就离开了。剩下的那些病人,由医士接手继续诊治。

安德列·叶菲梅奇回到家里,心情愉快地想:谢天谢地,他早就不做私人行医的营生了,现在没有人会来打搅他,他在书房里桌子旁边坐下来,开始看书。他看过很多书,总是看得津津有味。他的薪水有一半都用来买书,他的住处一共有六个房间,其中倒有三个房间堆满了书籍和旧杂志。他最爱看的是历史书和哲学书。医学方面,他只订了一份《医生》杂志,而且他总是从后面往前浏览翻阅。每回看书,他都一连看好几个小时,中间不停顿,也不觉得累。他看书不像伊万·德米特里奇过去那样看得又快又急,而是集中精力,慢慢地看,遇到他喜欢的或者不懂的段落常常停一停。书旁边总是摆着一小瓶白酒,旁边放一根腌黄瓜或者一个盐渍苹果,不是盛在碟子里,而是干脆放在粗呢桌布上。每过半个小时,他就倒杯白酒,慢慢饮用,眼睛始终不脱离书本。随后,他不用眼睛去看,只是用手摸到黄瓜,咬下一小截来。

到下午三点,他就小心地走到厨房门口,轻轻地咳嗽一声说:"达留什卡,是不是我该吃午饭了……"

午饭烧得很差,不干不净,用过午餐,安德列·叶菲梅奇就把两条胳膊交叉在胸口,在房间里一边来回走动,一边思索。时钟敲了四下,后来敲了五下,他始终走来走去思索着。厨房的门偶尔吱吱哑哑响起来,门缝里会探进来一张红彤彤的脸,那是达留什卡睡意蒙眬的面孔。

"安德列·叶菲梅奇,到您该喝啤酒的时候了吧?"她关心地问。

"不,时间还没到……"他回答,"我要等一会儿……等一会儿……"

照例,到了傍晚,邮政局长米哈依尔·阿维梁内奇会来坐坐,全城居民当中,他是唯一没有惹得安德列·叶菲梅奇讨厌的人。米哈依尔·阿维梁内奇从前是个很有钱的地主,在骑兵队里服役,后来家道中落,为贫困所迫，晚年就到邮政部门做事了。他精力旺盛，仪表堂堂，灰白色的络腮胡子蓬蓬松松，风度优雅，嗓音响亮悦耳。他心地善良，重感情，不过，脾气却很暴躁。每逢邮政局里有主顾提出抗议，不同意他的话，或者刚要张口争辩，米哈依尔·阿维梁内奇就满脸通红，浑身颤抖，用雷鸣般的声调吼叫："闭嘴！"因此这个邮政局早就出了名，到这个机关去一趟真要提心吊胆。米哈依尔·阿维梁内奇喜欢而且敬重安德列·叶菲梅奇，因为这位医生有学问，心灵高尚。可是邮政局长对本城其他居民却一向高傲，仿佛他们是他的下属。

"我来了！"走进安德列·叶菲梅奇的

房间，他说，"您好，老兄！恐怕您已经厌烦我了吧，是不是？"

"恰恰相反，欢迎光临，"医生回答说，"我看见您总是很开心。"

两个朋友在书房里一张长沙发上坐下来，沉默地抽一会儿烟。

"达留什卡，给我们拿点啤酒来好不好！"安德列·叶菲梅奇说。

他们仍旧一句话不说，把第一瓶啤酒喝完。医生沉思着，米哈依尔·阿维梁内奇现出畅快活泼的神情，仿佛有什么极其有趣的事要讲出口似的。不过，谈话总是由医生开头。

"多么可惜啊，"他开口说道，声音又

慢,一边说一边摇头,目光不看朋友的脸(他说话的时候,从来不看对方的脸),"真是可惜极了,尊敬的米哈依尔·阿维梁内奇,我们城里简直找不到一个聪明有趣的人,可以跟他谈谈心,聊聊天,他们不喜欢聊天。对我们来说,这是重大的损失。即便知识分子也难免陷于庸俗。我跟您保证,知识分子的智力水平一点儿也不比下层人高尚。"

"完全正确。我同意。"

"您知道,"医生接着小声说,音调抑扬顿挫,"在这个世界上,除了人类智慧最崇高的精神表现以外,一切都是无足轻重、缺乏趣味的。智慧在人和动物之间画了一条鲜明的界线，暗示人类的神圣性，甚至在一定程度上由它代替了永恒性，而实际上，永恒性是不存在的。因此，智慧成了快乐的唯一可能的源泉。可是在我们四周，我们却看不见，也听不见表达智慧的语言，这就是说我们的快乐被剥夺了。不错，我们有书，可是这跟活跃的对话与交际根本不是一回事。要是您容许我打个不一定恰当的比方，那我想说，书籍——是音符，而谈话——是歌唱。"

"完全正确。"

接下来沉默无语。达留什卡从厨房里走过来，站在门口，用拳头支住下巴，带着茫然的哀伤神情，也想听一听。

"唉！"米哈依尔·阿维梁内奇叹了一口气，"希望现在的人有头脑，休想！"

于是，他回忆往昔，诉说过去的生活多么健康快乐、多么有趣，从前的俄罗斯的知识分子多么聪明，他们对名誉和友情的看法有多么高尚。借给人钱，不要借据。朋友遭了急难而自己不出力帮忙，被人看作耻辱。而且那时候出征、冒险、交锋是多么惊心动魄啊！可靠的战友！忠贞的女人！再说高加索，多么令人神往的地方啊！有个营长的妻子，是个奇女人，常常穿上军官的军服，傍晚骑马到山里去，单身一人，不带向导。据说她跟一个山村里的小公爵有一段风流韵事。

"圣母啊,我的娘啊……"达留什卡叹息道。

"那时候我们喝酒吃饭,可谓豪情万丈!把生死置之度外的自由主义者!"

安德列·叶菲梅奇听着,却没听进去。他一边喝啤酒,一边在想什么心事。

"我常常盼望遇见聪明的人,能跟他们聊聊天,"他忽然打断米哈依尔·阿维梁内奇的话说,"我父亲让我受到很好的教育,可是他在六十年代(十九世纪)的思想影响下,硬叫我做医生。我觉得当时要是没听从他的话,那我现在一定处在智力活动的中心了。我多半在大学里当了某个系里的教师了。当然,智慧也不是永久的,而是变动无常的,可是您已经知道我为什么对它有偏爱。生活是恼人的牢笼。一个有思想的人到了成年时期,思想意识成熟了,就会不由自主地感到他关在一个无从脱逃的牢笼里面。确实,他从虚无中活到世上来原是由不得自己做主,被偶然的条件促成的……这是为什么呢?他想弄明白自己生活的意义和目的,人家却什么也说不出来,或者跟他说些荒唐话。他敲门,可是门不开。随后死亡来找他,这也由不得他自己做主。因此,如同监狱里的人被共同的灾难联系着,聚在一块儿就觉着轻松得多一样,喜欢分析和归纳的人只要凑在一起,说说彼此的骄傲而自由的思想来消磨时间,也就不觉得自己是关在牢笼里了。在这个意义上说来，智慧是没有别的东西可以取代的快乐。"

"完全正确。"

安德列·叶菲梅奇没有瞧朋友的脸，继续轻声讲聪明的人，讲跟他们聊天，他的话常常停顿一下，再往下讲。米哈依尔·阿维梁内奇专心听着，总是同意地说："完全正确。"

"您不相信灵魂不朽吗？"邮政局长忽然问。

"不，尊敬的米哈依尔·阿维梁内奇，我不信，而且也没有理由相信。"

"老实说，我也怀疑。不过我又有一种感觉，好像我永远也不会死似的。我暗自想道,得了吧,老家伙,你也该死了!可是我的灵魂里却有个小小的声音说:'别信这话,你不会死的!'……"

九点钟过后不久,米哈依尔·阿维梁内奇起身告辞了。他在前堂穿上皮大衣,叹口气说:

"可是命运把我们送到什么样的穷乡僻壤来了!最让人烦恼的是我们不得不死在这儿。唉!……"

七

送走朋友,安德列·叶菲梅奇坐在桌边,

又开始看书。黄昏和夜晚一直很安静,没有任何响声来干扰。时间仿佛停滞不动,陪伴医师一起呆呆地看书,除了书籍、灯和绿色灯罩,似乎别的东西都不存在了。医师那张笨拙的、跟农民相似的面孔渐渐放光,人的智慧活动呈现在面前,不由得因感动入迷而浮现出笑容。"啊,为什么人类不能长生不老呢?"他想,"为什么人有脑中枢和脑室,为什么人有视力、有说话能力、自觉能力、有出类拔萃的天才呢?如果这些都注定了要埋进泥土,到头来跟地壳一道冷却,然后在几百万年中间跟随地球围绕太阳旋转,岂不毫无意义,毫无目的?仅仅为了让人的遗体冷却,然后随地球旋转,那根本用不着把人及其高尚的、近似神的智慧从虚无中提取出来，然后像开玩笑似的再把它变成泥土。"

这就是新陈代谢！可是用空洞的长生不老来安慰自己，岂不像个胆小鬼？自然界所发生的无意识的变化过程其实比人的愚昧无知还要低劣，因为，不管多么愚蠢，毕竟还包含着某种程度的知觉和意志，而在无意识的衍变过程中却什么也没有。只有在死亡面前恐惧多于尊严的懦夫才会安慰自己说：他的遗体迟早会长成青草，变成石头，或者长成癞蛤蟆什么的……在新陈代谢中见到不朽是荒唐怪诞的想法，就像一把宝贵的提琴被砸得粉碎，却预言装提琴的盒子多年之后会光彩闪烁一样无聊。

每逢时钟敲响,安德列·叶菲梅奇就把身体往圈椅的椅背上靠一靠,闭上眼睛,思索一会儿。沉湎于阅读,在书中优雅思想的影响下,他不由得回顾往昔,又看看现在的生活。过去的日子让他反感,最好不去回忆。可是现在也跟过去差不多。他知道:此刻正当他的思想随同不断冷却的地球围绕太阳旋转的时候,在那跟医师大楼并排的厢房里,有几个人却在忍受疾病痛苦的折磨,置身于污秽肮脏的环境,有的人也许没有睡觉,正在跟臭虫厮杀,有的人受着丹毒的传染,或者因为绷带扎得太紧而呻吟。也许病患正在跟助理护士打牌、喝酒。每年受到欺骗的人有一万二千个,整个医院的工作跟二十年前没有变化，偷窃、污秽、诽谤、徇私等种种弊端风行，医术草率，庸医误诊，屡见不鲜。医院仍旧是个缺乏道德的机构，对病人的健康极为有害。他知道，在安着铁栏杆的第六病室里，尼基塔殴打病人，他也知道，莫依先卡每天都到城里去四处乞讨。

另一方面，他也很清楚地知道：最近二十五年当中，医学发生了神奇的变化。当初他在大学念书的时候，以为医学不久就会遭到炼金术和玄学同样的命运。可是如今每天晚上他读书，医学的进展让他感动，让他惊讶，甚至入迷。真的，多么意想不到的辉煌，多么了不起的革命啊！由于有了防腐的措施，就连伟大的皮罗戈夫[1]认为不能做的手术，现在也能做了。普通的地方自治局医师都敢做切除膝关节的手术。剖腹手术一百例当中只有一例死亡。讲到结石病，已经被人看作小事一桩，甚至没人为它写文章了。梅毒已经能够根本治疗。另外还有遗传学说、催眠术、巴斯德[2]与科赫[3]的发现、以统计学做基础的卫生学，还有我们俄罗斯地方自治局医师的工作！精神病学以及现代的精神病分类法、诊断法和医疗法，跟过去相比，成了十足的"厄尔布鲁士"。现在不再

1　俄国著名外科医生。
2　法国细菌学家、化学家。
3　德国细菌学家。

往精神病患者头上泼冷水，也不再给他们穿紧身衣了，人们用人道主义态度对待精神失常的患者，据报纸上说甚至为他们开舞会，演剧了。安德列·叶菲梅奇知道，就现代的眼光和水平来看，像第六病室那样糟糕的现象只有在离铁路线两百俄里远的小城中才会出现，在那样的小城里市长和所有市议员都是半文盲的小市民，把医生看作术士，即使医生把熔烧的锡灌进患者的嘴巴，他们也会相信医生，不会批评反抗，换了别的地方，社会人士和报纸早就把这个小小的"巴士底狱"[1]砸得稀巴烂了。

"究竟该怎么办呢?"安德列·叶菲梅奇睁开眼睛,反问自己,"能得出什么样的结论呢?即便有防腐的方法,有科赫,有巴斯德,可事情的实质一点儿也没改变。患病率和死亡率仍旧很高。他们给精神病患者开舞会,演戏,却依旧不准他们自由行动。一切都是空话和忙乱,维也纳最好的医院跟我的医院实际上没有任何差别。"

然而悲哀和一种近似嫉妒的情感却不容他漠不关心。这大概是由于过度疲劳的缘故

---

[1] 建于 1370 至 1382 年的巴黎军事城堡,自 15 世纪起为国家监狱,关押政治犯。1790 年被毁。

吧。他沉重的头颅垂向书本,他就用两只手托住脸,使它舒服一点,暗自想道:

"我从人们手里领了薪水,却在做有害的事情,在欺骗他们。我不是正直的人。不过,话说回来,我自己也无能为力,整个社会罪恶重重,我是其中不可避免的小小罪孽:县里所有的官员都有罪过,都白拿薪俸……可见我的罪孽不能怪我,要怪这个时代……我要是生在二百年以后,必定是另外一种样子。"

等到时钟敲了三下,他吹灭了灯,走进寝室,却毫无睡意。

八

两年前,地方自治局表示慷慨,决议每年拨出三百卢布作为补助金,供县城医院作扩充医务人员的费用,直到将来地方自治局开办医院为止。县医师叶夫根尼·费奥多雷奇·霍伯托夫也应邀进城来协助安德列·叶菲梅奇。这个人还很年轻,年纪不到三十岁。他个子高大,一头黑发,高高的颧骨,两只小眼睛。他的祖先多半是外国人。他来到本城的时候,一分钱也没有,只带着个又小又破的手提箱,还领着个相貌丑陋的年轻女人,他管她叫厨娘。这女人有个要喂奶的婴儿。叶夫根尼·费奥多雷奇平时脚穿高筒皮靴，戴一顶硬帽檐的大檐帽，冬天穿一件短羊皮袄。他跟医士谢尔盖·谢尔盖伊奇和会计主任成了好朋友，可是不知什么缘故却把别的职员统统称呼为贵族，而且有意躲着他们。他的整所住宅里只有一本书：《1881年维也纳医院最新处方》。他为患者看病，总要随身带着这本小册子。一到傍晚他就到俱乐部去打台球，他不喜欢打牌。他在谈话中喜欢使用下列字眼儿，比如："无聊透顶""废话连篇""故作高深"等诸如此类的词语。

每个星期他到医院里来两次，巡查病房，接待患者看门诊。医院里完全不使用消毒方法，放血用拔血罐，这些都让他感到气愤，不过，他也没有引进新的医疗方法，他担心这样做引起安德列·叶菲梅奇的反感。在他看来，这位同行安德列·叶菲梅奇是个老滑头，他以为这老先生积攒了很多财产，私下里嫉妒这个同事，巴不得能够取代他的职位。

九

那是春天三月底的一个傍晚，地上的积雪已经融化，医院花园里传来了椋鸟的鸣叫声，医生送他的朋友邮政局长走到大门口。正巧这时候犹太人莫依先卡上街乞讨回来，走进了院子。他没戴帽子,光脚丫穿着一双矮帮雨鞋,手里提着个小布袋,里面装着人家施舍的东西。

"给我点小钱吧!"他对医生说,脸上带着微笑,身子却冷得发抖。

安德列·叶菲梅奇向来不肯回绝别人的乞求,就给了他一个十戈比的银币。

"这样子可不好,"他瞧着犹太人赤裸的足踝又红又瘦,心里想,"瞧,脚都湿了。"

这在他心里激起了一种既厌恶又怜悯的复杂感情,他跟在犹太人的身后,时而看看他的秃顶,时而看看他的足踝,走进了那座厢房。医生一进门,尼基塔立刻从破烂堆上跳起来，站立得笔挺条直。

"你好，尼基塔，"安德列·叶菲梅奇温和地说，"是不是给犹太人弄双靴子穿才好，不然他会感冒的。"

"是，老爷。我向总务处长报告一声。"

"让你受累了。你就用我的名义向他提出请求，就说是我拜托他这么办的。"

从穿堂间通到病室的门敞开着。伊万·德米特里奇躺在床上，用胳膊肘支起身子，惊慌地听着不熟悉的声音，忽然认出了来人是医生。他气得浑身颤抖，从床上跳下来，涨红的脸怒气冲冲，眼睛瞪得溜圆，几步蹿到了病室中间。

"大夫驾到！"他喊叫一声，哈哈大

笑,"到底算是来啦!诸位先生,我给你们道喜。大夫赏光,到我们这儿来视察!该死的恶棍!"他尖叫着,带着以前病室里从未见过的暴怒,跺一下脚,"打死这个恶棍!不,打死还嫌不解气!把他淹死在粪坑里!"

安德列·叶菲梅奇听了这些诅咒,从穿堂间探出身子,向病室里看了看,温和地问了一声:

"为什么呢?"

"为什么?"伊万·德米特里奇嚷道,带着威胁的神情走到他面前,急忙把身上的长袍裹紧一点,"为什么?因为你是贼!"他带着憎恨的神情说,努起嘴巴像要啐出一口唾沫,"骗子!刽子手!"

"请您消消气,"安德列·叶菲梅奇说,愧疚地微微一笑,"我向您担保,本人从未偷过东西;至于别的话,您大概说得太夸大其词了。看得出来,您生我的气。我恳求您,消消气,要是可能的话,请您冷静地告诉我:您为什么生气?"

"那么您凭什么把我关在这儿?"

"因为您有病。"

"不错,我有病。可是要知道,几十上百的疯子逍遥自在地走来走去,因为您头脑糊涂,分不清谁是疯子,谁是健康人。那么,为什么我跟这几个不幸的人,像替罪羊似的,替代那些疯子被关押在这儿呢?您、医士、总务处长,所有你们这些医院里的浑蛋,在道德方面不知比我们这几个人要低下多少倍,为什么被关在这儿的,是我们却不是你们呢?这是什么逻辑?"

"这跟道德和逻辑全不相干。一切取决于机缘。谁要被关在这儿,他就只好待在这儿。谁要是没被关进来,他就可以走来走去,就这么回事。至于我是医生,您是精神病患者,这既牵扯不上道德,也跟逻辑没有任何关联,只不过是刚好机缘凑巧罢了。"

"这种胡说八道,我一丁点儿都听不明白……"伊万·德米特里奇用沉闷的声调说,他在自己床上坐了下来。

当着医生的面,尼基塔不敢对莫依先

卡搜查勒索。莫依先卡就把一块块面包、纸片、小骨头摊在他自己的床上。他仍旧冻得发抖,说起犹太话来,语速很急,声音就像唱歌。他多半幻想自己在开铺子了。

"放我出去吧。"伊万·德米特里奇说,他的嗓音发颤。

"我办不到。"

"究竟为什么?为什么办不到呢?"

"因为这不属于我的权利。请您想想看,就算我把您放出去,对您又有什么好处呢?您出去试试看。城里人或者警察抓住您,还得送回来。"

"不错,不错,这倒是实话……"伊万·德米特里奇说,用手心擦着脑门,"这实在可怕！可我该怎么办呢？有什么办法呢？"

安德列·叶菲梅奇喜欢伊万·德米特里奇的声调，喜欢他那既年轻聪明又愁眉苦脸的相貌。他有心对这个年轻人亲切一点儿，安慰他一下。于是就在床边挨着他坐下，想了想，开口说：

"您问我该怎么办？处在您的地位，顶好是从这儿逃出去。然而可惜，这没有用处。您会被人抓住。社会在防范罪人、精神病人和一般不稳当的人，题目是不可战胜的。剩下来您就只有一条路，那就是心平气和地想清楚，认定您待在这个地方是不可避免的。"

"任何人都不需要这样的安排。"

"只要有监狱和精神病医院,那就总得有人关在里面才成。不是您,就是我。不是我,就是另外一个人。您等着吧,等到未来的岁月,等到监狱和精神病医院绝迹的时候,窗户上也就不会再安装铁栏杆,不会再有这种长袍外罩了。当然,那个时代迟早要来的。"

伊万·德米特里奇冷笑了一声。

"您可真会说笑话,"他说,眯缝着眼睛,"像您和您的助手尼基塔之流的老爷们,跟未来一点关系也没有。不过您放心就是,先生,美好的时代必定到来!让我用俗话来表达我的看法吧,您想笑就尽管笑好了:新生活的黎明必定霞光灿烂,真理必定胜利,到那时我们会在大街上庆祝隆重的节日!我是等不到那一天了,我会死掉,不过总有别人的曾孙会等到那一天。我用我全部心灵向他们欢呼,我高兴,为他们高兴!前进啊!朋友们。求主保佑你们!"

伊万·德米特里奇闪着亮晶晶的眼睛站起来,向窗子那边伸出手去,继续用激昂的声调说:

"我从这铁格窗里祝福你们!真理万岁!我特别高兴!"

"我看不出有什么特殊的理由要高兴,"安德列·叶菲梅奇说,他觉得伊万·德米特里奇的举动像是演戏,不过他毕竟也很喜欢,"将来,监狱和疯人院都会消失,真理会像您所说的那样大获全胜,不过要知道,事物的本质不会改变,自然界的规律一如往常。人们还是会像现在这样生病、衰老、死亡。不管将来会有多么壮丽的黎明照亮您的生活,可是您到头来还是会躺进棺材,钉上钉子,扔到墓穴里去。"

"那么,长生不老呢?"

"唉,拉倒吧!"

"您不相信,喏,可是我却相信。不知是在陀思妥耶夫斯基还是伏尔泰的一本书里,有个人物说:要是没有上帝,人就得臆造出一个来。我深深地相信:要是没有长生不老,伟大的人类智慧早晚也会把它发明出来。"

"说得好,"安德列·叶菲梅奇说,愉快地微笑着,"您有信心,这是好事。人有了这样的信心,哪怕幽禁在四堵墙当中,也能生活得很快乐。您以前大概在哪儿念过书吧?"

"对了,我在大学里念过书,可是没有毕业。"

"您是个有思想、爱思考的人。在随便什么环境里,您都能保持内心的平静。那种极力要理解生活、自由而深刻的思索,那种对人间无谓纷扰的十足蔑视,这是两种幸福,比这更高的幸福人类还从来没有领略过。您哪怕生活在三道铁栅栏里,却仍旧能够享受这种幸福。第奥根尼[1]住在一个木桶里，可是他比世界上所有的皇帝都幸福。"

"您那个第奥根尼是个傻瓜，"伊万·德米特里奇阴郁地说，"您干吗跟我提什么第奥根尼，说什么理解生活？"他忽然生气了，跳起来叫道，"我爱生活，热烈地爱生活！我得了被虐狂症，心里经常有种痛苦的恐惧。不过有时候我充满对生活的渴望，一到那种时候我就害怕自己会发疯。我非常渴望生活，非常渴望！"

他激动得在病室里走来走去，然后压低了嗓音说：

---

[1] 古希腊哲学家。他主张禁欲主义，传说他生活在木桶里。

"每逢我幻想起来,我脑子里就浮现出种种幻觉。有些人走到我跟前来,我听见说话声和音乐声,我觉得自己好像在树林里散步,或者沿海边行走,我那么热烈地渴望着忙碌,期待着关怀……喏,请您告诉我,有什么新闻吗?"伊万·德米特里奇问,"外边怎么样了?"

"您想知道城里的情形呢,还是一般的情形?"

"哦,先跟我讲讲城里的情形,再讲一般的情形吧。"

"好吧。城里既枯燥又沉闷,特别无聊……找不着一个人聊天谈心,也没有人愿意倾听别人的诉说。至于新人是没有的。

不过最近倒是来了个年轻医生,霍伯托夫是他的姓氏。"

"我还活着,他就来了。为人怎么样?粗俗吗?"

"是的,他缺乏文化涵养。您知道,说来荒唐……凭各种迹象观察,我们的大都市不存在智力停滞的现象,那儿相当活跃——由此可见,那边生活着真正的人,可是不知什么缘故,每回他们派到我们这儿来的,都让人看不上眼。这真是个不幸的县城!"

"是的,是个不幸的县城!"伊万·德米特里奇叹了口气,接着他笑了起来,"那么一般的情形又怎么样呢?报纸和杂志上都写了些什么样的文章？"

病室里已经暗下来了。医生站起身来，立在那儿，开始讲述国内外发表了些什么文章，现在出现了什么样的思想潮流。伊万·德米特里奇专心听着，提出些问题，可是忽然间，仿佛想起什么可怕的事，抱住头，在床上躺下，背对着医生。

"您怎么了？"安德列·叶菲梅奇问他。

"您休想再听见我说一个字！"伊万·德米特里奇粗鲁地说，"躲开我！"

"这是为什么？"

"我跟您说：躲开我！干吗魔鬼似的追问？"

安德列·叶菲梅奇耸耸肩膀，叹口气，

走出去了。他走过穿堂间的时候说：

"把这儿打扫一下才好，尼基塔……气味难闻得很！"

"遵命，老爷。"

"这个年轻人多么招人喜欢！"安德列·叶菲梅奇一面走回自己的寓所，一面想，"从我在此地住下起，这些年来他好像还是我所遇见的第一个能够谈一谈的人。他善于思考，他所关心的也正是应该关心的事。"

从此以后，他看书也好，然后上床睡觉也好，总是想着伊万·德米特里奇。第二天早晨他一醒，就想起昨天他认识了一个头脑聪明、很有趣的人，决定一有机会就再去看看他。

十

伊万·德米特里奇躺卧的姿势仍然跟昨天一样，两只手抱着头，蜷缩着腿。看不见他的脸。

"您好，我的朋友，"安德列·叶菲梅奇说，"您没有睡着吧？"

"首先，我不是您的朋友，"伊万·德米特里奇把嘴埋在枕头里说，"其次，让您白忙活了：您休想再听见我说一个字。"

"这就奇怪了……"安德列·叶菲梅奇觉得不好意思，喃喃地说道，"昨天我们聊天还心平气和，怎么忽然间您觉得恼怒，究竟为什么断然拒绝交谈了呢？……或许我说了什么话令人不爽,再不然就是我的一些想法跟您的相互抵触……"

"是啊,要我相信您的话!"伊万·德米特里奇说,微微欠起身来,带着讥讽和不安的眼神瞧着医生。他的眼睛有些发红,"您最好去别的地方侦察、探访,您在这里,没有什么事情可做。昨天我就想明白了,您到这儿来究竟为了什么。"

"奇怪的联想!"医生笑着说,"这么说,您认为我是个密探吗?"

"对,我就这么猜测……密探也好,大夫也罢,反正是奉命来考察我的,横竖都一样。"

"哎呀呀,您这个人啊,请原谅,说句

实话，您真是个……古怪的人！"

医生在床旁边一张凳子上坐下来，有几分责备地摇了摇头。

"不过，就算您说的话不错，"他说，"可以设想，我很阴险，设下圈套让您说话，便把您送到警察局。接下来您被捕，受审。可是，您在法庭上和在监狱里，难道会比待在这儿更糟糕吗？就算您被判终身流放，甚至服苦役，难道这会比关在这个厢房里更加痛苦吗？依我看，那倒也未必……既然这样，那您还害怕什么呢？"

这几句话显然触动了伊万·德米特里奇。他平心静气地坐下了。

下午四点多钟，往常这种时候，安德

列·叶菲梅奇都在自己家里,在各房间来回走,达留什卡会问他,是不是到了喝啤酒的钟点。院子里很安静,天气晴朗。

"吃完饭,我出来溜达溜达,顺便走进来看看您,正像您看到的那样,"医生说,"外面已经是春天了。"

"现在是几月?三月?"伊万·德米特里奇问。

"是的,三月末。"

"外面很泥泞肮脏吗?"

"不,不太泥泞。花园里已经有路可走了。"

"现在要是能坐上一辆四轮马车,到城外某个地方去走一趟,倒也挺好,"伊万·德米特里奇说,揉揉他带血丝的红眼睛,似乎还没有睡醒,"然后回到家里,走进温暖舒适的书房……接下来,就请一位好大夫来治治头痛……我已经好久没有普通人那样的生活了。这地方实在糟透了!糟得叫人难以忍受!"

经过昨天的兴奋激动,他感到身体疲惫,无精打采,也懒得开口说话了。他的手指头微微颤抖,从他的脸色看得出来,他头痛得很厉害。

"温暖舒适的书房跟这个病室并没什么差别,"安德列·叶菲梅奇说道,"人的安静和满足并不在于外部环境,而在于他的内心。"

"这话是什么意思?"

"普通人看重身外之物,就是说看重马车和书房,从中寻求好的或者坏的东西,可是有思想修养的人,却在他的内心寻找那些东西。"

"您还是到希腊去宣传这种哲学吧。那边天气暖和,空中洋溢着酸橙的香气,这儿的气候不适宜宣讲您的哲学。我跟谁谈起第奥根尼来着?跟你吧?是不是?"

"说得对,昨天跟我谈过。"

"第奥根尼用不着书房或者温暖的居所,那边没有这些条件已经够炎热的了。只要求睡在木桶里,能品尝橙子,嚼嚼橄榄就满足了。可是如果他有缘生活在俄罗斯,先别说在十二月,即便在五月,他也会要求住到房间里去。想必他会冻得浑身瑟瑟颤抖。"

"不然。如同任何一种痛苦一样,对于寒冷,人可能会全无感觉。马可·奥勒留[1]说过:'痛苦是一种活生生的痛苦观念:运用意志力改变这种观念,抛开它,停止诉苦,痛苦就会消灭了。'这话说得很中肯。智慧长者,或者只要是有思想、爱动脑筋的人,与众不同之处,就在于他们蔑视痛苦,他们总是感到满足,无论对什么事,都不会

---

[1] 罗马帝国政治家、哲学家。晚期斯多葛派的代表人物,以著作《沉思录》传世。

大惊小怪。"

"那么说来,我就是个傻瓜了,因为我常常痛苦,总是不满足,人的卑劣下流让我感到惊讶。"

"您这话说错了。只要您翻来覆去多想想,就会想明白,所有让我们激动不安的外在因素,其实都渺小得微不足道。人需要有所追求,尽力理解生活,真正的幸福——就包含在这种追求当中。"

"理解……"伊万·德米特里奇皱着眉头说,"什么外在内在的……对不起,我实在弄不懂。我只知道,"他一边说,一边站起来,气哼哼地盯着医生,"我只知道上帝是用热血和神经把我创造出来的,对了,先生！人的机体组织如果有生命力，对一切刺激就必定有反应。我就有反应！受到痛苦，我就用喊叫和泪水来回应；遇到卑鄙，我就愤怒。看见肮脏，我就憎恶。依我看来，说实话，只有这样才能叫作生活。这个有机体越低下，它的敏感程度越迟钝，对刺激的反应也就越微弱。机体越高级，反应就越灵敏，对现实的反应也就越有力。这点道理您怎么会不懂？您是医生，却不懂这些小事！为要蔑视痛苦，永远知足，对什么事也不感到惊讶，人得先沦落到这种地步才有切身体会，"伊万·德米特里奇说着，用手指了指满身脂肪、肥胖的农民说，"要不然，人就得在苦难中把自己磨炼得麻木不仁，对苦难失去一切感觉，换句话说，也就是停止生活才成。对不起，我不是智慧长者，也不是哲学家，"伊万·德米特里奇气愤地接着说，"那些大道理我一点儿也弄不明白，我也不善于讲道理。"

"恰恰相反，您讲起道理来十分出色。"

"您模仿的斯多葛派[1]，是些了不起的人，可是他们的学说远在两千年前就已经停滞不前，一步也没向前迈进，将来也不会前进，因为那种学说不切实际，不合生活。那种学说只在那些终生致力于研究和赏玩各种学说

---

[1] 古希腊哲学学派。主张智者应该顺应自然的冷漠，清心寡欲。

的少数人当中才会得到成功，可是大多数人都不懂。任何鼓吹对富裕冷淡、对生活的舒适冷淡、对痛苦和死亡加以蔑视的学说，对绝大部分人来说是无法理解的，因为这大部分人从来也没有享受过富裕，也从没享受过生活的舒适。对他们来说，蔑视痛苦就等于蔑视生活本身，因为人的全部实质就是由饥饿、寒冷、委屈、损失等感觉以及哈姆雷特式的畏惧死亡的感觉构成的。全部生活不外乎这些感觉。人也许会觉得生活苦闷，也许会痛恨这种生活，可是绝不会蔑视它。对了，所以，我要再说一遍：斯多葛派的学说绝不会有前途。从开天辟地直到如今，您看得明白，不断进展着的是奋斗、对痛苦的敏感、对刺激的反应能力……"

伊万·德米特里奇忽然中断了思路，停住口，烦躁地揉搓着脑门儿。

"我本来想说一句重要的话，可是我的思路断了，"他说，"我刚才说什么来着？哦，对了！我想说的是这个：有个斯多葛派人士为了给亲人赎身，就自卖自身做了奴隶。那么，您看，这意思是说，就连斯多葛派对刺激也是有反应的，因为人要做出这种舍己救人的慷慨行为，就得有一个能够同情和愤慨的灵魂才成。眼下，我关在这个监狱里，已经把以前所学的东西忘光了，要不然我还能想起一点别的事情。拿基督来说，怎么样呢？基督对现实生活的反应是哭泣、微笑、忧愁、生气，甚至难过。他并没有带着微笑去迎接痛苦，他也没有蔑视死亡，而是在客西玛尼花园里祷告，求这杯子离开他。"[1]

伊万·德米特里奇笑着坐下了。

"就算人的安宁和满足不在外界，而在他的内心，"他说，"就算人需要蔑视痛苦，无论发生什么事，都不感到惊讶。可是您鼓吹这些，究竟有什么依据和理由呢？您是圣贤？是哲学家？"

"不，我不是哲学家，不过每个人都应当宣扬这些道理，因为这样做合乎情理。"

---

[1] 见"马太福音"第二十六章第三十六节。

"不，我要知道，凭什么您自以为有资格谈理解生活，谈蔑视痛苦？难道您以前受过苦？您懂得什么叫作痛苦？容我问一句，小时候您挨过打吗？"

"没有，我父母对体罚十分反感。"

"我父亲却死命地打我。我父亲是个文官，生性凶狠，一直受痔疮病的折磨，鼻子挺长，脖子发黄。不过，我们还是来谈谈您的经历为好。您自出生以来，从没人用手指头碰过您一下，没人吓唬过您，没人打过您，您结实得跟头牛一样。您在您父亲的翅膀底下长大成人，用他的钱求学，后来一下子就谋到了这个俸禄很高而又清闲的差事。您有二十多年一直住着不花钱的房子，有炉子，有灯火，有仆人，同时您有权利爱怎么干就怎么干，爱干多少就干多少，哪怕不做一点事也不要紧。您本性是个疲沓的懒汉，因此您把您的生活极力安排得不让任何事来打搅您，不让任何事来惊动您，免得您动一动。您把工作交给医士跟别的坏蛋去办理。您自己呢，找个温暖而又清静的地方坐着，攒钱，看书，为了消遣而思索各种高尚的无聊问题，而且，"说到这儿，伊万·德米特里奇看看医生的红鼻子，"喝酒。总之，您并没见识过生活，完全不了解它，对现实只有理论上的认识。至于您蔑视痛苦，对任何事都不感到惊讶，那完全是出于一种很简单的理由。什么四大皆空啦，外在和内在啦，把生活、痛苦、死亡看得全不在意啦,理解生活啦,真正的幸福啦,这都是最适合俄罗斯懒汉的哲学。比方说,您看见一个农民在打他老婆。何必出头打抱不平呢?让他去打好了,反正他俩早晚都要死的。况且打人的人在打人这件事上所侮辱的倒不是挨打的人,而是他自己。酗酒是愚蠢而又不像样子的,可是喝酒的结果也是死,不喝酒的结果也是死。一个农妇来找您,她牙痛……哼,那有什么要紧?痛苦只不过是痛苦的概念罢了。再说,人生在世免不了灾病,大家都要死的,因此,去你的吧,婆娘,别妨碍我思索和喝酒。一个青年来请教:他该怎样做,怎样生活才对。换了别人,在答话以前总要好好想一想,可是您的回答却是现成的:努力去理解啊,或者努力去追求真正的幸福啊。可是那个荒唐的'真正的幸福'究竟是什么东西呢?当然,答案是没有的。在这儿,我们关在铁笼子里,长期囚禁,受尽折磨,可是这很好,合情合理,因为这个病室跟温暖舒适的书房之间根本没有什么区别。好方便的哲学:不用做事而良心清白,并且觉着自己是智慧长者……不行,先生,这不是哲学,不是思想,也不是眼界开阔,而是懒惰,托钵僧[1]作风,浑浑噩噩的麻木……对了!"伊万·德米特里奇又生气了,"您蔑

---

1 指罗马天主教中舍弃一切财产,靠托钵乞食的修道者。

视痛苦，可是如果用房门把您的手指头挤一下，您恐怕就扯着嗓子大声喊叫了！"

"或许，我并不喊叫呢。"安德列·叶菲梅奇温和地笑着说。

"是的，有可能！瞧着吧，万一您忽然中了风，或者，比方说，偶然碰见个傻瓜或者蛮横的家伙，倚仗他个人的地位与官职，当众把您羞辱一番，而且您也知道，尽管他羞辱了您，却可以不受惩罚，哼，到那个时候，您才会明白，您开导别人明哲保身与追求真正的幸福到底是对还是错了。"

"这倒是真知灼见，"安德列·叶菲奇说，他搓着手，愉快地笑了，"您善于总结概括，这一点让我感到惊喜。承蒙您抬举,刚才对我的性格给予品评,简直精彩绝伦。我得承认,跟您谈话带给我巨大的喜悦和满足。我已经听完您的议论,现在轮到您宽容地听我来说一说了……"

十一

这次谈话又延续了一个多小时,给安德列·叶菲梅奇留下了深刻印象。从此他天天到这厢房里来。他早晨去,吃过午饭后去,到了天近黄昏,他往往仍旧跟伊万·德米特里奇交谈。起初伊万·德米特里奇见着他还有点拘谨,疑惑他存心不良,公开表示自己的敌意，可是后来跟他处熟了，伊万·德米特里奇那声色俱厉的态度逐渐变成了鄙夷嘲讽的口吻。

不久医院里就出现了一种流言，说是安德列·叶菲梅奇医师经常到第六病室去。谢尔盖·谢尔盖伊奇也好，尼基塔也好，助理护士也好，谁都不明白他为什么到那儿去，为什么在那儿一坐就是好几个小时，他们究竟谈了些什么，为什么医生不开药方，都让人觉得奇怪。安德列·叶菲梅奇医师的行为举止显得蹊跷。米哈依尔·阿维梁内奇常常发现他不在诊室，这在过去是从来没有过的情况。达留什卡也很心慌，因为现在医生不按固定的时间喝啤酒，有时候连吃饭都耽误了。

有一天，已经是在6月份末尾了，霍伯托夫医师去看望安德列·叶菲梅奇，想跟他商量点儿事。他发现老医师不在诊室，就到院子里去找他。在那儿有人告诉他，说老医师到精神病人那儿去了。霍伯托夫走进厢房，在前堂里站住，听见了下面的谈话：

"我们永远也唱不成一个调子，您别指望让我改变自己的信仰，"伊万·德米特里奇十分生气地说，"您对现实根本就缺乏了解，您从来没有受过苦，只不过像蚂蟥那样，靠别人的痛苦打发日子，可我呢，从出生那时候起直到今天却一直不断地吃苦受累。因此我要开诚布公地对您说：我认为自己在各方面都比您高明，比您有资历。想对我指手画脚,您还不配!"

"让您追随我的信仰,我根本就没有这样的想法,"安德列·叶菲梅奇小声说,对方不了解他的心意,让他感到惋惜,"问题不在这儿,我的朋友。问题不在于您长期受苦,我却没有受苦的经历。痛苦和欢乐都是过眼云烟,我们暂且不谈这些,随它去吧。问题在于您跟我都在思考,我们看出彼此都是善于思考和爱明辨是非的人,无论我们的观点存在多少分歧,谈话却把我们联系起来了。我的朋友,但愿您能了解,我是多么厌恶那种普遍存在的狂妄、平庸、愚钝,而我每次跟您谈话的时候,该有多么开心!您是个有头脑的聪明人,有缘跟您相处,我很快乐!"

霍伯托夫悄悄推开一条门缝儿,往病室里瞅了一眼。戴睡帽的伊万·德米特里奇跟安德列·叶菲梅奇医师并排坐在床上。疯子愁眉苦脸,不停哆嗦,颤巍巍地裹紧身上的长袍。医师坐在那里纹丝不动,头颅低垂,脸色发红,表情无助而又悲伤。霍伯托夫耸耸肩膀,冷笑一声,跟尼基塔互相瞅了瞅。尼基塔也耸了耸肩膀。

第二天霍伯托夫跟医士一块儿到厢房里来。两个人站在前堂里偷听。

"咱们的老爷子似乎真疯了!"霍伯托夫走出厢房的时候说道。

"主啊,饶恕我们这些罪人吧!"庄重

的谢尔盖·谢尔盖伊奇叹息道。他小心翼翼地绕过水洼,免得弄脏他那双擦得锃亮的皮靴子。"老实说,尊敬的叶夫根尼·费奥多雷奇,我早就料到会出这样的怪事了!"

十二

这以后,安德列·叶菲梅奇开始发觉四周的气氛有点儿神秘莫测。杂役、助理护士、病人,一碰见他就用怀疑的目光打量他,然后交头接耳悄悄议论。往常他总是喜欢在医院花园里碰见总务处长的女儿玛莎小姑娘,可是现在每逢他面带笑容走近她跟前，想抚摸一下她的小脑袋，不知什么原因，小姑娘却躲躲闪闪，跑掉了。邮政局长米哈依尔·阿维梁内奇听他讲话，也不再说"完全正确"，却莫名其妙地慌张起来，含糊其词地回应："是啊，是啊，是啊……"而且带着怜悯的、深思的神情瞧着他。不知什么缘故，他开始劝自己的朋友戒掉白酒和啤酒，不过他是个有礼貌的人，劝说的时候并不直截了当地表达，只是用了种种暗示，先对他讲起一个营长，那是个极好的人，然后谈到团里的神父，也是个很好的人，他俩是怎样贪杯，害了病，可是戒掉酒以后，病就完全好了。安德列·叶菲梅奇的同事霍伯托夫来看过他两三回，也劝他戒酒，而且无缘无故地劝他服用溴化钾[1]。

八月里安德列·叶菲梅奇收到市长一封来函,说是有很要紧的事请他去谈一谈。安德列·叶菲梅奇按照约定的时间到了市政厅,发现在座的有军事长官、政府委派的县立学校的校长、市参议员、霍伯托夫,还有一位胖胖的、浅色头发的先生,经过介绍,原来是一位医生。这位医生姓一个很难上口的波兰姓,住在离县城三十俄里远的一个养马场上,现在凑巧路过来到了城里。

"这儿有一份申请关系到您的工作部门,"等到大家互相打过招呼,围着桌子坐

---

[1] 医药上用作神经镇静剂。

下来以后，市参议员对安德列·叶菲梅奇说，"叶夫根尼·费奥多雷奇刚才在这儿对我们说过，医院主楼里的药房太狭窄了，应当把它搬到一个厢房里去。这当然没有问题，要搬也可以搬，可是主要问题在于厢房需要修理了。"

"对了，不修理不行了，"安德列·叶菲梅奇想了想说道，"比方说，要是把院子角上那个厢房布置出来，改作药房的话，我想至少要用五百卢布。这是一笔不小的开支。"

大家沉默了一会儿。

"十年前我已经呈报过，"安德列·叶菲梅奇轻轻地说下去，"照现在的形式存在着的这个医院对这个城市来说,是一种超过了它负担能力的奢侈品。这个医院是在四十年代(十九世纪)建起来的,不过那时候的经费跟现在不同。这个城市在不必要的建筑和多余的职位方面花的经费太多了。我想,换个办法就可以用同样多的钱来维持两个模范医院的运营。"

"好,那您就提出另外一个办法吧!"市参议员活跃地说。

"我已经荣幸向您呈请:把医疗部门移交地方自治局办理。"

"是的,您要把公款移交地方自治局,他们就会把那笔钱贪污了事。"浅色头发的医生笑着说。

"历来如此。"市参议员也笑了,他表示同意。

安德列·叶菲梅奇用无精打采、暗淡无光的眼睛瞧着浅色头发的医生说:

"我们需要正直与公道。"

他们又沉默了。茶端上来了。不知什么缘故,军事长官很窘,就隔着桌子碰了碰安德列·叶菲梅奇的手说道:

"您完全把我们给忘记了,大夫。不过,您是个修道士:既不打牌,也不喜欢女人。您跟我们这帮人打交道,一定觉得很无聊。"

大家谈起了一个正派人住在这个城市里该多么无聊。没有剧院,没有音乐,俱乐部最近开过一次跳舞晚会，女士倒来了二十个上下，男舞伴却只有两个。青年男子不跳舞，却一直聚在小卖部附近，或者打牌。安德列·叶菲梅奇没有抬起眼睛瞧任何人，低声慢语地讲起来，说到城里人把他们生命精力、他们的心灵智慧，都耗费在打牌和造谣生事方面了，不善于，也不愿意把时间用在有趣的谈话和读书方面，不肯享受智慧所提供的快乐，这实在可惜，可惜极了。只有智慧才有趣味，才值得关注，至于别的一切活动，都是卑微而渺小的。霍伯托夫专心地听他的同事讲话，忽然问道：

"安德列·叶菲梅奇，今天是几月几号？"

霍伯托夫听到回答以后，就跟浅色头发

的医生以主考官的语气开始提问,那种口吻却流露出他们的笨拙与缺乏自信。他们问安德列·叶菲梅奇今天是星期几,一年当中有多少天,第六病室里是不是住着一个未卜先知的预言家。

回答最后一个问题的时候,安德列·叶菲梅奇脸红了,他说:

"是的,他有病,不过他是个有情趣的年轻人。"

此外他们没有再问他别的话。

他在前厅穿大衣的时候,军事长官伸出一只手来放在他的肩膀上,叹口气说:

"我们这些老头子,退休的时候到了!"

走出市政厅,安德列·叶菲梅奇才明

白，原来这是个奉命考察他智力水平的委员会。他回想他们给他提出的种种问题，不由得涨红了脸，不知为什么，现在他生平第一次沉痛地为医学惋惜。

"我的天啊！"回忆起那些医生刚才怎么样进行考察，他心里想，"其实，前不久他们刚听过精神病学的课程，参加过考试，怎么会这样不懂装懂呢？他们连精神病学的基本概念都不具备！"

他生平第一回感到受了侮辱，因而很生气。

当天傍晚，米哈依尔·阿维梁内奇来看他。那个邮政局长没有跟他打招呼，径直走到他跟前，拉住他的双手，用激动的口吻说：

"亲爱的，我的朋友，请您向我表明，您确信我的真诚与善意，把我当成您的好朋友！……我的朋友！"他不容安德列·叶菲梅奇开口讲话，继续激动地往下说，"我因为您有教养，您心灵高尚而喜爱您。听我说，我亲爱的。那些医生受科学规章制度的限制，不能对您说真话，可是我要像军人一样实话实说：您的身体不大好！请您原谅我，我亲爱的，不过这是实情，在您周围的人早就注意到这一点了。叶夫根尼·费奥多雷奇医生刚才对我说：为了有利于您的健康，您务必要休养一下，散散心才成。完全正确！好极了！过几天我就要休假，想外出换换空气。请您确认,您是我的朋友,我们一起走!照从前那样,我们一起走。"

"我觉得自己的身体还很健康,"安德列·叶菲梅奇想了想说道,"我不能出远门。请您容许我用别的办法来向您表达我的友情。"

外出走一走,没有明确的目的,抛开书本,离开达留什卡,丢下啤酒,一下子打破二十来年的生活秩序,这种想法起初让他觉得既荒唐又离奇。不过,他想起了市政厅里的那番谈话,想起了他从市政厅出来,回家路上沉重的心情,那么,暂时离开这个小城,躲开那些把他看成疯子的蠢人,这么一想,他不由得笑了起来。

"那么,您究竟打算到哪儿去呢?"他问。

"去莫斯科,去彼得堡,去华沙……在华沙,我消磨过我一生当中最幸福的五个年头。那是多么迷人的城市啊!去吧,我亲爱的!"

十三

过了一个星期,人们建议安德列·叶菲梅奇去修养一段时间,其实是暗示他该递交辞呈,他对此倒是满不在乎。又过了一个星期,米哈依尔·阿维梁内奇跟他坐上一辆邮车,到附近的火车站去了。天气凉爽,阳光明媚,天空蔚蓝,远处的风景看得清清楚楚。他们距离火车站有两百俄里,坐马车走了两天,在路上住了两夜。每逢在驿站上他们喝的茶用没有洗干净的杯子盛来,或者车夫套马车费的时间久了一点,米哈依尔·阿维梁内奇就涨紫了脸,周身颤抖,高声叫嚷:"你给我闭嘴!不许强辩!"一坐上马车,他就不停地说话,讲起当年他在高加索和波兰帝国旅行的情景。他有过多少惊险奇遇,有过怎样的遭遇啊!他讲得声音响亮,同时眼睛里浮现出惊讶的神情,弄得听讲的人以为他在说谎。再补充一点,他一面说话,一面冲着安德列·叶菲梅奇的脸喷气,对着他的耳朵哈哈大笑。弄得老医生挺别扭，这都妨碍他思考，让他难以聚精会神地思索问题。

为了省钱，他们乘火车只坐三等车，坐在一个不准吸烟的车厢里。一半乘客是上等人。米哈依尔·阿维梁内奇不久就跟所有的人认识了，从这个座位换到那个座位，大声地说他们不该在这样糟糕的铁路线上旅行。全都是骗人的勾当！如果骑一匹好马赶路，那就大不相同：一天走一百俄里的路，行程结束，依然感到身强体健、精力充沛。后来又讲到我们收成不好，那是因为宾斯克沼泽地带排干了水。总而言之，什么事都混乱不堪。他兴奋起来，高声大嗓地讲话，不容别人开口。这种夸夸其谈，夹杂着放肆的哄笑和表达语义的手势,弄得安德列·叶菲梅奇十分疲惫。

"我们这两个人当中究竟谁是疯子呢?"他懊恼地想,"究竟是我这个极力不惊扰乘客的人,还是这个自以为比谁都聪明有趣,因而不让人消停的利己主义者呢?"

在莫斯科,米哈依尔·阿维梁内奇穿上没有肩章的军衣和镶着红丝绦的裤子。他一上街就戴上军帽,穿上军大衣,兵士们见着他都立正行礼。安德列·叶菲梅奇现在觉得,这个人把原来所有的贵族气质中的一切优点都丧失了,只留下了劣点的装腔作势。他喜欢有人伺候他,哪怕在根本不需要的场合也是一样。火柴就在摆他面前的桌子上,他自己也看得见，却对仆役嚷叫，要人家拿火柴来。有女仆在场，他却只穿着衬衣衬裤来回走动，一点儿也不觉着难为情。他对所有的仆人，哪怕是上年纪的老人，一律都称呼"你"，遇到他生气的时候，张口就骂他们是傻瓜和笨蛋。在安德列·叶菲梅奇看来，这样的老爷做派，十分拙劣。

首先，米哈依尔·阿维梁内奇领他的朋友到伊文尔斯卡雅教堂去。他热心地祷告，叩头，流泪，祈祷完毕，深深地叹口气说：

"就算你不信神，可是祷告一下，心里也好像踏实一点儿。亲吻圣像吧，亲爱的朋友。"

这弄得安德列·叶菲梅奇很不好意思，

他亲吻了圣像,这时候米哈依尔·阿维梁内奇努起嘴唇,摇头,小声祷告,眼眶里的泪水又流了出来。随后,他们去克里姆林宫,观赏皇家的炮王和钟王,米哈依尔·阿维梁内奇甚至伸出手指头去摸一摸。他们欣赏莫斯科河对面的风景,游览救世主教堂和鲁缅采夫博物馆。

他们在捷斯托夫饭店吃饭。米哈依尔·阿维梁内奇把菜单看了很久,摩挲着络腮胡子,用一种素来觉得到了饭店就像到了家里一样的美食家的口气对仆役说:

"我们倒要瞧瞧,你们今天拿什么菜肴来给我们品尝,宝贝儿!"

十四

医生照常行走散步，观察，吃饭，喝水，难以摆脱的只有一种情绪，那就是厌烦：米哈依尔·阿维梁内奇让他心绪不宁。他一心想摆脱这个朋友的纠缠，好好休息一下，为此躲着他，想隐藏起来，不料，米哈依尔·阿维梁内奇却认为自己有责任陪伴在医生身边，寸步不离，尽量为他想出各种各样的消遣办法。到了没有什么书籍可看的时候，他就用聊天交谈来给朋友解闷儿。安德列·叶菲梅奇连隐忍了两天，到第三天他就向朋友说明，他病了，想留在家里清净一天。他的朋友却回答，即便这样，他也不能离开。说实在的，他的确该休息一下了，要不然两条腿都要跑断了。安德列·叶菲梅奇躺在长沙发上，脸对着靠背，咬紧牙关，听他的朋友絮絮叨叨地诉说，并让他确信：迟早有一天，法国必定打败德国，还说什么，莫斯科有很多骗子，单凭马的外貌绝对看不出它的优劣。医生耳朵里嗡嗡直响，心里扑通扑通地跳个不停，可是出于礼貌，不便请他的朋友住口或走开。幸亏坐在旅馆房间里有些憋闷，米哈依尔·阿维梁内奇饭后就出去散步了。对医生来说，这求之不得。

等到只剩下一个人，安德列·叶菲梅奇完全沉浸在休息的舒适感当中，他一动不动，躺在长沙发上，知道房间里只有自己，一个人独守清静，这该多么舒心惬意啊！没有孤独就没有真正的幸福。堕落的天使之所以背弃上帝，大概就因为他一心追求孤独吧，而天使们是不知道什么叫作孤独的。安德列·叶菲梅奇打算想一想近几天来他看见了些什么，听见了些什么，可是不知不觉又想起了难以摆脱的米哈依尔·阿维梁内奇。

"话说回来，他休息度假，陪我一块儿出来旅行，还是出于友情，出于心地慷慨，"医生烦恼地想，"再糟糕不多的事，就是这种出于友好情谊的关切爱护。最初给人的印象，他似乎善良、大度、慷慨、乐观，可实际上却性情无聊。无聊得叫人难以忍受。生活中这样的人随处可见：平时说话很聪明，谈吐不俗，但是给人的印象却适得其反：其实他们很愚蠢。"

此后一连几天，安德列·叶菲梅奇都借口自己有病，不肯走出旅馆的房间。他躺着，脸对着沙发的靠背，遇到他的朋友想用聊天叙谈为他解闷儿，他总是心绪烦躁。朋友不在的时候，他就休息养神。回想自己这次外出旅行，他既生自己的气，也生他朋友的气，因为这位朋友一天天变得越来越夸其谈，絮叨不休；他渴望集中精力，思考一些严肃高尚的问题，却总是有心无力，以失败告终。

"这就是伊万·德米特里奇所说的生活现实，它把我折磨得好苦，"他想，恼恨自己的低俗琐碎,"不过,这纯属无稽之谈……等将来回到家里,一切就都是老样子了……"

到了彼得堡,局面仍不见好转。他一连几天不出旅馆的房间,总是躺在沙发上,只有为了喝啤酒才起来一下。

米哈依尔·阿维梁内奇时时刻刻急着要到华沙去。

"我亲爱的,我上那儿去干什么?"安德列·叶菲梅奇用恳求的声音说,"您一个人去吧,让我回家好了!我求求您了!"

"无论如何都不行!"米哈依尔·阿维梁内奇反驳道,"华沙是座迷人的城市。我一生当中最为幸福的五年时光,全都是在那里度过的呀!"

安德列·叶菲梅奇天生秉性不善于坚持自己的主张,虽然违背心愿,勉勉强强还是去了华沙。到了那座名城,他仍然不出旅馆的房间,躺在沙发上,生自己的闷气,生朋友的气,也生仆役的气,这些仆役固执地拒绝跟客人用俄语交谈。米哈依尔·阿维梁内奇呢,照常健康快活,精力充沛,一天到晚在城里观光游览,拜访昔日的熟人。他有好几次不在旅馆过夜。有天晚上,不知他在哪里过了一宿,一清早回到旅馆,神情异常激动,脸涨得通红,头发乱蓬蓬的。他在房间里从这头走到那头,徘徊了很久,一直絮絮叨叨,自言自语,不知在说些什么,后来他站住说道：

"名声重于一切啊！"

他又走了一阵，忽然双手捧住头，用悲惨的声音说：

"的确，名声重于一切！我真是鬼迷心窍来这个巴比伦游玩，真是该死的日子！我亲爱的朋友，"接下来他对医生说，"请您蔑视我吧，我打牌输了钱！求求您借给我五百卢布吧！"

安德列·叶菲梅奇数了五百卢布，默默地交给了他的朋友。对方仍旧由于羞愧和气愤而涨红了脸，没头没脑地发誓赌咒，然后戴上帽子，匆匆忙忙走出去了。大约过了两个钟头，他回来了，往一张圈椅上一坐，大声叹一口气说道：

"我的名誉总算保住了！走吧，我的朋友！在这个该死的城里，我连一分钟也不愿意再待下去了。都是骗子！都是奥地利的间谍！"

等到两个朋友回到他们自己的城里，那已经是十一月了，街上积了很厚的雪。霍伯托夫医生接替了安德列·叶菲梅奇的职位。他仍旧住在原来的寓所，等安德列·叶菲梅奇回来，腾出属于医院的寓所。那个被他称作"厨娘"的丑女人已经在一个厢房里住下了。

关于医院又有新的流言蜚语在城里散布流传。据说那丑女人跟总务处长吵过一架，总务处长就跪在她的面前告饶。

安德列·叶菲梅奇回到本城以后第一天就得出外去寻找住处。

"我的朋友,"邮政局长不好意思地对他说,"原谅我提一个唐突的问题:您手里还有多少钱?"

安德列·叶菲梅奇沉默不语,数一数自己的钱然后说:

"八十六卢布。"

"我问的不是这个,"米哈依尔·阿维梁内奇没听懂他的意思,有些慌张地说,"我问的是您一共有多少家底?"

"我已经告诉您了,八十六卢布……除了这些,我什么都没有了。"

米哈依尔·阿维梁内奇素来把医生视为正人君子,可是仍旧疑心他至少有两万卢布的存款。现在听说安德列·叶菲梅奇成了乞丐,没有钱维持生活,不知什么缘故他忽然流着眼泪,拥抱了他的朋友。

十五

小市民别洛娃家有所住宅,安德列·叶菲梅奇租了她家的房子临时居住。这所房子很小,如果不算厨房,就只有三个房间。医生住在朝街的两个房间里,达留什卡和带着三个孩子的别洛娃住在第三个房间和厨房里。有时候女房东的情人,一个醉醺醺的农民,上她这儿来过夜。他晚上大呼小叫,弄得达留什卡和孩子们很害怕。他一来就在厨房里坐下,开始要酒喝,大家就都觉着很不自在。医生动了怜悯的心,把又哭又闹的孩子带到自己的房间里,让他们睡在地板上。这样做,医生很欣慰。

他跟先前一样,八点钟起床,喝完早茶以后坐下来,翻阅他旧书和旧杂志。他已经没有钱买新的了。一来是因为那都是旧书,二来或许因为改变了环境,总之,对他来说,书本再不像从前有那么大的吸引力了,他看书感到疲惫了。为了避免白白耗费时间,他给自己的藏书编写了详细的书目,在书脊上粘贴小字条,这种机械而费事的工作,倒让他觉得比读书还有趣味。这种事情既单调又费事,没过多久就把他弄得昏昏欲睡了。他什么也不想,时间过得很快。即使坐在厨房里跟达留什卡一块儿削土豆皮,或者挑出荞麦粒里的皮屑,他也觉着有意思。一到星期六和星期日,他就到教堂去。他站在墙边,眯细着眼睛,听人家唱歌,不由得想起了父亲、母亲,想起了大学,想起了宗教学说,心里变得平静而忧郁。随后他走出教堂,总惋惜礼拜仪式结束得太快太早。

有两次他到医院里去看望伊万·德米特里奇,想跟他聊天。可是那两回伊万·德米特里奇都非常激动，气愤，他请医生不要来打扰他，因为他对于空洞的闲聊早就厌烦了。他说他忍受了那么多的苦难，只向那些该死的坏蛋要求一点补偿：单独监禁。难道连这么一点儿可怜的要求也会遭到拒绝吗？那两次见面，当安德列·叶菲梅奇向他告别，祝他晚安的时候，他哼哼地说：

"见鬼去吧！"

现在安德列·叶菲梅奇不知道该不该再去看看他，一时拿不定主意，不过心里倒是想去。

放在过去，吃完午饭后那段时间，安德列·叶菲梅奇总会在房间里来回走走，想想心事，现在从吃完午饭直到喝晚茶的时候，他就一直在沙发上躺着,脸对着靠背,满脑子胡思乱想,无论如何也镇静不下来。他回顾自己从医的二十多年,却没有拿到养老金、补助金,一次也没有得到过,不免心里委屈,愤愤不平。不错,他工作算不上勤恳,不过话说回来,医院所有的职工,无论勤恳与否,一律都能领取养老金。当代的正义恰好就在于:官职、勋章、养老金等,并非根据道德品质或才干,而是依据服务的年限来颁发的。为什么唯独他一个人属于例外呢?他现在已经身无分文了。路过一家小杂货店,看见女老板,他就觉着愧疚脸红。到现在他已经欠了人家三十二个卢布的啤酒钱。他还欠女房东别洛娃的房租。达留什卡悄悄地卖旧衣服和旧书，还对女房东撒谎，说医生不久就会有很多收入。

旅行中花掉了他积蓄的一千卢布，这让他很生自己的气。那一千卢布留到现在该多么有用啊！他心里烦躁，因为人家不容他消消停停过日子。霍伯托夫认为自己有责任偶尔来看望这个有病的同事。安德列·叶菲梅奇觉得他处处不顺眼：他胖胖的脸、妄自尊大的拙劣口气，都让他反感；他不爱听"同事"这个词，讨厌他的高筒皮靴。最让安德列·叶菲梅奇感到厌烦的是，他总是自认为有责任给"同事"诊疗看病，而且他觉得确实在为安德列尽职尽责地看病治疗。每次来访，他总会带来一瓶镇静剂药水和几粒大药丸。

米哈依尔·阿维梁内奇也认为自己有责任来看望这个朋友,给他解闷儿。每一回他走进安德列·叶菲梅奇的屋里总是装出随随便便的神情,不自然地大声笑着,让朋友确信:他今天的气色很好。谢天谢地,情况有了转机,正在逐渐康复。可是这样的言谈,却让人觉得,他的朋友病情严重,似乎已经丧失了希望。他还没有偿还他在华沙欠下的那五百卢布的债务,因而心里惶恐,万分愧疚,因此才极力地哈哈大笑,讲些滑稽可乐的段子,掩饰自己的窘迫。他似乎有说不完的逸闻趣事,这对于安德列·叶菲梅奇,对于他自己,都是难以忍受的痛苦与折磨。

只要他一来,安德列·叶菲梅奇就躺在沙发上,脸对着墙,咬紧牙关,听朋友絮叨,他的心里仿佛压着一层层的水锈。他的朋友每来拜访一回,他就觉着那些水锈堆得更厚一层,似乎要涌到他的喉咙里来了。

为了医治这些无聊的念头,他就赶紧暗想:无论是他自己、霍伯托夫,还是米哈依尔·阿维梁内奇,反正早晚都逃不过死亡,难以在天地间留下一丁点儿痕迹。要是想象一百万年过后,有个精灵飞过地球上空,那么他只会看见原野的黏土和光秃秃的峭壁。所有的一切,文化也好,道德准则也罢,统统消失得无有踪影,哪怕连一棵牛蒡也不再生长。既然如此,那么面对小店老板,何必要感到愧疚呢？面对渺小的霍伯托夫，面对米哈依尔·阿维梁内奇的讨厌的友情，何苦要自寻烦恼呢？一切都是空谈幻影，一切都微不足道。

可是这样的遐想已经无济于事。他刚刚想到一百万年以后的地球，穿着高筒皮靴的霍伯托夫，和强颜欢笑的米哈依尔·阿维梁内奇，就从光秃的峭壁后面冒出来，甚至可以听见他深感羞愧的道歉声："至于那笔欠款，好朋友，过几天我就偿还……一言为定！"

十六

有一天,米哈依尔·阿维梁内奇饭后来了,安德列·叶菲梅奇正躺在沙发上。凑巧,霍伯托夫同时带着镇静剂药水也来了。安德列·叶菲梅奇吃力地爬起来,坐好,把两条胳膊支在沙发上。

"今天,我亲爱的,"米哈依尔·阿维梁内奇开口说,"您的气色比昨天好多了,看来,您挺精神。谢天谢地,挺精神!"

"真的,您也该复原了,时候到了,我的同事,"霍伯托夫一边说,一边打哈欠,"大概这种无聊的状态连您自己都厌烦了。"

"我们一定能康复!"米哈依尔·阿维

梁内奇快活地说,"我们还能活一百岁呢!一言为定!"

"活一百岁倒未必,再活二十年大概没问题,"霍伯托夫安慰说,"没关系,没关系,同事啊,别灰心……您只不过陷入了一种幻觉罢了。"

"我们还要大显身手哪!"米哈依尔·阿维梁内奇哈哈大笑,拍拍他朋友的膝盖,"我们还大有作为哪!等明年夏天,上帝保佑,我们飞身上马,到高加索去逛一圈——驾!驾!驾!从高加索回来,瞧着吧,说不定还能参加一场婚礼呢。"说到这儿,米哈依尔·阿维梁内奇调皮地眨眨眼睛,"我们为您举办婚礼,好朋友……准备好结婚吧……"

安德列·叶菲梅奇忽然觉着那点儿水垢涌到喉咙里来了。他的心剧烈跳动,十分可怕。

"太庸俗了!"他说,猛一下子站起来,迅速走到窗前,"难道你们不明白,你们说的话庸俗下流吗?"

他本来想温和、有礼貌地讲下去,不料内心失控,忽然攥紧了拳头,高高地举过了头顶。

"离开我!"他大声喊叫,嗓音都变了,脸涨得通红,浑身颤抖,"出去,你们俩统统出去!你们俩!"

米哈依尔·阿维梁内奇和霍伯托夫站起

来，瞧着他，先是愣了一下，后来吓坏了。

"你们俩，滚出去！"安德列·叶菲梅奇继续喊叫，"两个蠢货！两个浑蛋！我不需要什么友情，也不要你的镇静药水！愚昧的家伙！庸俗！坏蛋！"

霍伯托夫跟米哈依尔·阿维梁内奇惊慌失措，互相看看对方，跟跟跄跄退到门口，走进了前厅。安德列·叶菲梅奇抓起那个药水瓶，朝他们背后扔过去。药水瓶摔在门槛上，砰的一声，瓶子摔了个粉碎。

"让你们见鬼去吧！"他冲进前厅，用哭泣的声音喊叫，"滚出去！"

等到两个人走了，安德列·叶菲梅奇像得了疟疾一样，浑身哆嗦，他躺在沙发上，

很长时间不断地重复谩骂:

"两个蠢货!两个浑蛋!"

等到他的火气逐渐平息下来,首先想到的是米哈依尔·阿维梁内奇,那个可怜的人,此刻一定羞愧得无地自容,心里万分沉重,这样的遭遇实在太可怕了。类似的时间,过去从来没有发生过。他的理智和分寸感都到哪里去了?对自然万物的洞察了解,哲理思考的淡定从容都到哪儿去了呢?

医生既羞愧,又自责,对自己的莽撞特别生气,整整一宿翻来覆去睡不着。第二天早晨,大约十点钟,他就动身去邮局,给邮政局长赔礼道歉。

"以前发生的事,就不要再提了,"米

哈依尔·阿维梁内奇十分感动,握紧他的手,叹口气说,"谁再提旧事,就叫他变成瞎子。喂,留巴甫金!"他忽然大声呼叫,弄得所有的邮务人员和顾客都很吃惊。"搬个凳子来,你稍等一会儿!"他对一个婆姨叫嚷,她把手伸进铁栅栏,向他递过一封挂号信来,"难道你看不见,我正忙着吗?过去的事我们就不要再提了,"他转过头来,接着用温和的口吻安慰安德列·叶菲梅奇,"尊敬的朋友,我恳求您,坐下来吧。"

他沉默了片刻,揉搓着自己的膝盖,然后说:

"我心里一点儿也没有生您的气。害病可不是闹着玩儿的事,我明白。昨天您大发脾气，可把我和医生都吓坏了，关于您的处境，我们俩后来谈了很久。我尊敬的朋友，为什么您不肯正视自己的疾病呢？难道可以这样吗？原谅我出于友情的直爽，"米哈依尔·阿维梁内奇压低声音悄悄说，"您生活的环境很糟糕：狭窄，肮脏，没人照料您，也没有钱治病……我亲爱的朋友，我和医生真诚地恳求您，听我们的劝告：到医院去治疗吧！那儿的饮食有益于康复，有人照应，有人医疗治病。我们私下里说一句，叶夫根尼·费奥多雷奇虽然有几分俗气，不过他的医术确实有两下子，值得我们信赖。他已经跟我说过，一定给您好好治病。"

邮政局长一边说话，一边流泪，他的

真诚关切和泪水让安德列·叶菲梅奇深受感动。

"尊敬的朋友,不要听信传闻!"安德列·叶菲梅奇小声说,把手按在胸口上,"不要听信流言蜚语!都是骗人的谎言!说我有病,根源在于:二十年来,我在城里找到了一个有头脑的人,可他却是个精神病患者。我根本没有什么病,只不过我陷进了一个魔圈,想摆脱却找不到出路。一切都无所谓了,我准备面对一切后果。"

"去医院治疗吧,我尊敬的朋友。"

"我倒无所谓,哪怕是跌入陷阱。"

"好朋友,答应我:您务必听从叶夫根尼·费奥多雷奇的安排。"

"遵命,我答应了,一定照办。不过,容我再说一遍,尊敬的朋友,我陷进了一个魔圈。现在无论什么,包括朋友们的真诚同情在内,都趋向一个结局:走向毁灭。我正走向毁灭,我有勇气承认这个事实。"

"好朋友,您会康复的。"

"何必再说这些呢?"安德列·叶菲梅奇激动地说,"很少有人末日来临,却不曾经历我此时此刻的体验。假如有个医生告诉您,说您肾脏有病或心室扩大,因此您不得不看病求医,或者有人说,您是精神病患者,说您是罪犯,总之一句话,您受到了别人的关注,那就意味着,您已经陷进了魔圈,再也出不来了。您极力挣扎,却越陷越深。所有的努力都救不了您,只得屈从,听天由命。这就是我现在的处境。"

这时候,窗口外边挤满了人。为避免妨碍人家的工作,安德列·叶菲梅奇就起身告辞。米哈依尔·阿维梁内奇再次让他应允一定去住院,然后把他送到门口。

当天,临近黄昏,霍伯托夫忽然到安德列·叶菲梅奇住处来了,似乎昨天根本没有发生过争吵冲突似的。他身穿羊皮短袄和高筒皮靴,用一种随随便便的语气说道:

"我有事来找您,同事。我来邀请您:想不想跟我一块儿参加会诊?啊?"

安德列·叶菲梅奇心想,大概霍伯托夫要他出去散步解闷儿,或者想给他一个赚钱的机会，就穿上衣服，跟他一块儿走到街上。他暗自高兴，总算有个机会弥补昨天的过失，就此和解了。他心里感激霍伯托夫，因为他绝口不提昨天的争吵，分明是原谅他了。这个没有教养的人会有这样细腻的感情，倒有些出人意料。

"您的病人在哪儿？"安德列·叶菲梅奇问。

"在我的医院里。我早就想请您去看看了……病情很有意思。"

他们走进医院的院子，绕过主楼，向精神病患者住的厢房走去。不知什么缘故，他们走这一路，谁都没有说话。他们走进厢房，尼基塔照例跳起来，挺直了身子立正。

"这儿有个病人肺部感染还有并发症,"霍伯托夫跟安德列·叶菲梅奇一块儿走进病室,低声说,"您在这儿等一会儿,我马上就来。我去拿我的听诊器。"

说完,他就出去了。

十七

天渐渐暗下来。伊万·德米特里奇躺在床上,把脸埋进枕头里。那个瘫子坐着,一动不动,嘴唇哆嗦,不停地小声抽泣。肥胖的农民和从前的检信员睡着了。屋里很安静。

安德列·叶菲梅奇坐在伊万·德米特里奇的床上，耐心等待着。可是半个小时过去了，霍伯托夫没回来，尼基塔却抱着一件长袍、一身不知什么人穿过的衣裤和一双拖鞋，走进病室里来了。

"请您换衣服吧，老爷，"他小声说，"这是您的床，请到这边来，"他一边说，一边指一指那张空床，那分明是不久以前搬进来的，"不要紧，求上帝保佑，您会复原的。"

安德列·叶菲梅奇心里全明白了。他一句话没说，依照尼基塔的指点，走到那张床边坐下。他看见尼基塔站在那儿等着，就脱光身上的衣服，觉得很丢脸，然后穿上医院

157

的衣服，裤子很短，衬衫却很长，长袍上有一股熏鱼的气味。

"上帝保佑，您会复原的。"尼基塔又说一遍。

他把安德列·叶菲梅奇的衣服捡起来，抱在怀里，走出去，随手关上了门。

"没关系……"安德列·叶菲梅奇想，不好意思地把长袍的衣襟掩上，觉着穿了这身新换的衣服，仿佛成了一个囚犯，"没关系……礼服也好，制服也罢，还有这件长袍，反正都一样……"

可是他的怀表呢？衣服口袋里的笔记本呢？那些烟卷呢？尼基塔拿着他的衣服究竟去哪儿了呢？此时此刻，可能直到他死亡的那一天，他再也没有机会穿长裤、坎肩、高筒靴了。所有这些，乍一想，有点古怪，甚至难以理解。安德列·叶菲梅奇直到现在仍然认为，小市民别洛娃的房子跟第六病室没有什么区别，世上的一切都是空话连篇，都是虚幻的泡影。可是，虽然这样想，他的手却不停地颤抖，两条腿凉飕飕的，一想到伊万·德米特里奇很快就回来，看见他穿着长袍，就不由得一阵心慌。他忽然站起来，在房间里来回走动，徘徊一阵又坐下。

在那儿，他已经坐了半个小时、一个小时，他觉得厌烦，烦得要命。难道在这种地方人能待一天、待一周，甚至像那些人，一连待好几年吗？哎，他坐了一阵，走了一阵,接着又坐下来。他可以再走走,瞧瞧窗外,然后从这个墙角走到那个墙角。以后又该怎么办呢?就像个木头人似的一直坐在那里思索吗?不,未必能一直这样啊!

安德列·叶菲梅奇刚刚躺下,立刻又坐起来,用衣袖擦掉脑门上的冷汗,他感觉整个面庞都有熏鱼的气味了。他又开始走来走去。

"一定是出了什么误会……"他说,茫然地摊开双手,"需要解释一下才成,一定是出了什么误会……"

这时候伊万·德米特里奇醒来了。他坐起来,用两个拳头支着双腮。他吐了口唾沫,然后懒洋洋地瞅一眼医生,他懵懵懂懂，起初似乎不明白是怎么回事。可是过了一会儿，他那睡眼惺忪的脸上出现了恶狠狠的嘲讽表情。

"哈哈！好朋友，他们把您也关到这儿来了！"他眯缝着一只眼睛，用刚刚睡醒、依然沙哑的声音说道，"真开心。以前您吸别人的血，现在人家要吸您的血了。太好啦！"

"说不定出了什么误会……"安德列·叶菲梅奇说，伊万·德米特里奇说的话把他吓坏了。他耸耸肩膀，重复一遍："说不定出了什么误会……"

伊万·德米特里奇又啐了口唾沫，接着躺了下来。

"该死的日子！"他嘟哝着说，"这种日子痛苦又屈辱，因为活到头吃一辈子苦，却得不到补偿，并不像歌剧那样庄严地收场，倒是以死亡结束。末日来临，派几个医院杂役，拉住尸体的胳膊和腿，拖到地下室里去。呸！哼，没关系……等到了另一个世界，就轮到我们过好日子了……我会从那个世界回来，让我的魂灵回到这里，吓唬那些坏蛋。让他们吓得头发斑白。"

莫依先卡回来了，看见医生，他伸出手来。

"给点儿小钱吧！"他说。

十八

安德列·叶菲梅奇走到窗口，望着外面的原野。天已经黑下来了，一轮冷冷的、发红的月亮，从地平线右侧升上了夜空。离医院围墙不远，大约一百俄丈[1]开外，有一所高大的白房子，由一道石墙围起来。那里是监狱。

"监狱，果真在这里！"安德列·叶菲梅奇心里想，感到一阵阵恐惧。

一切都那么可怕，月亮、监狱、围墙上的钉子、远处火葬场上空的火焰，全都叫

---

[1] 1俄丈约等于2.154米

人惊恐。安德列·叶菲梅奇听见身后一声叹息。他回过头去,看见一个人胸前挂着亮闪闪的星章和勋章,冲他微笑,调皮地眨着眼睛。这情景也很可怕。

安德列·叶菲梅奇自我安慰说:月亮或监狱并没有什么特别的地方。精神健全的人也戴奖章,随着时光的流逝,世间万物早晚都会腐朽,变成泥土。忽然,绝望的情绪笼罩了他的心,他伸出双手抓住窗户上的铁栏杆,拼命地摇晃。坚固的铁栏杆却纹丝不动。

随后,为了驱除恐惧心理,他走到伊万·德米特里奇的床边,坐了下来。

"我的精神快要崩溃了,我的朋友,"

他喃喃地说，浑身发抖，不停地擦额头冒出的冷汗，"我的精神快要崩溃了。"

"您不妨宣扬您的哲学道理啊。"伊万·德米特里奇用嘲讽的口吻说。

"我的上帝，我的上帝啊……对了，对了……有一回您说俄罗斯没有哲学，可是大家都谈论哲学，连平民百姓也一样。其实，小人物谈谈哲学，对谁都没有什么坏处啊，"安德列·叶菲梅奇说，那声音仿佛要哭泣一样，挺让人同情的，"可是，我的朋友，您这样幸灾乐祸地嘲讽，究竟是为什么呢？小人物感到不满，怎么就不能谈论哲学呢？一个有头脑、有教养、有自尊心、向往自由的人，神一般虔诚，却没有别的道路可走，只能到一个肮脏愚昧的小城里来当医生，一辈子就会拔罐子、弄蚂蟥、涂抹芥子膏，浑浑噩噩，蹉跎岁月！到处都是欺骗、狭隘、庸俗！我的上帝啊！"

"您说的都是蠢话。如果当医生不合乎您的心意，您可以去当官啊。"

"不行，不行，什么也干不成。我们软弱无能啊，我的朋友。……以前我冷静从容，精力充沛，擅长推理判断，可是在生活中，遭遇到挫折，我就垂头丧气了……我们软弱啊，我们不中用……您也一样，我的朋友。您聪明，高尚，从母亲的奶汁里汲取了宝贵的激情，可是刚刚迈进生活，不想就奔波劳累，疾病缠身……我们都软弱无能啊!"

随着夜晚来临,除了恐惧和屈辱,还有一种难以摆脱的焦虑感折磨着安德列·叶菲梅奇。临了,他终于明白了:原来他想喝啤酒,抽烟。

"我要从这儿出去,我的朋友,"他说,"我要叫他们在这儿点一盏灯……不然我可受不了……实在难以忍受……"

安德列·叶菲梅奇走到门口,开了门,可是尼基塔立刻跳起来,挡住他的去路。

"您上哪儿去?不行,不行!"他说,"睡觉的时间到了!"

"我就出去一会儿,在院子里散散步!"安德列·叶菲梅奇慌张地说。

"不行,不行。这是不允许的。您自己也知道。"

尼基塔砰的一声关上房门,用后背抵住门板。

"可是,就算我出去一趟,对别人会有妨碍吗?"安德列·叶菲梅奇耸耸肩膀质问说,"真不明白!尼基塔,我一定要出去!"他用颤抖的嗓音说,"我必须出去!"

"别破坏规矩,这样可不好!"尼基塔告诫说。

"鬼知道这什么规矩!"伊万·德米特里奇忽然跳下床,喊叫起来,"谁给他的权利不放我们出去?他们怎么敢把我们关在这地方?法律明文规定,未经审判不准剥夺人的自由!这是暴力!这是专横!"

"当然,这是专横!"安德列·叶菲梅奇听到伊万·德米特里奇的喊叫声,增添了勇气,他说:"我一定要出去,非出去不可!你没有权利!我跟你说:你必须放我出去!"

"听见没有,愚蠢的畜生?"伊万·德米特里奇叫道,用拳头砰砰地砸门,"开门!要不然我就把门撞碎!残暴的家伙!"

"开门!"安德列·叶菲梅奇高声喊叫,浑身发抖,"我要你开门!"

"你尽管说吧!"尼基塔隔着门回答,"随你去说吧!"

"至少把叶夫根尼·费奥多雷奇叫到这

儿来！就说是我请他来……就来一会儿！"

"明天他们都会来。"

"他们绝不会放我们出去！"伊万·德米特里奇接着说，"他们在这儿要把我们折磨死！啊，主，难道另一个世界真的没有地狱，这些恶棍能得到宽恕？正义又在哪里呀？开门，坏蛋，我透不过气来啦！"他用沙哑的声音呼喊，用尽全身力量撞门，"我豁出去把脑袋撞碎算啦！你们这些杀人犯！"

尼基塔很快地开了门，用双手和膝盖粗暴地推开安德列·叶菲梅奇，然后抡起胳膊，一拳打在他的脸上。安德列·叶菲梅奇顿时觉得一股带咸味的浪涛扑过来，把他推到了床边。他嘴里确实有一股咸味，显然，他的牙齿出血了。他拼命想游出这股巨浪，挥舞着双手，忽然抓住一张床的床沿，与此同时，发觉尼基塔的拳头狠狠地落在他的后背上。

伊万·德米特里奇大叫一声。想必他也挨打了。

随后，一切都无声无息了。淡淡的月光从铁栏杆里照进来，地板上铺着网格般的阴影。看上去很可怕。安德列·叶菲梅奇躺在那儿，屏住呼吸，他战战兢兢地等着再一次挨打。他觉着好像有人拿一把镰刀，刺进他的身体，用力搅动他的五脏六腑似的。他痛得咬着枕头，牙齿磨得咯咯响，他乱糟糟的脑子里,突然冒出一个难以遏制的可怕念头:月光下,像黑影一样的这几个人,日复一日,年复一年地遭受着这样的痛苦与折磨。二十多年来,他怎么会一直不知道这种痛苦与折磨呢?是不知道,还是不想知道?他不理解痛苦,根本没有痛苦的概念,这不是他的过错,可是,良心又在哪里呢?尼基塔那样的不通情理,那样冷酷、粗暴,想到这个凶神恶煞,一股阴森的寒气让他从后脑勺到脚后跟都变得冰凉。他一下子跳起来,想用尽气力大叫一声,然后冲出去打死尼基塔,打死霍伯托夫、打死总务处长和医生,最后打死他自己。可是他的胸膛里却发不出一点儿声音,他的双腿也不听使唤了。他喘不过气来,拉扯胸前的长袍和衬衫,把它们撕得粉碎,然后倒在床上,失去了知觉,变得人事不省了。

十九

第二天早晨,他觉得头痛,耳朵里嗡嗡作响,浑身不舒服。他想起了昨天自己的软弱,却并不感到愧疚。昨天他心不在焉,甚至看到月亮都害怕,真诚地说出了自己的情感和想法,放在过去他会为此怀疑自己。比如,想到有些小人物喜欢谈论哲学,觉得他们没有资格。可是现在,在他看来什么都无所谓了。

他不吃不喝,躺在那儿一动不动,沉默不语。

"对我来说,反正什么都一样,"他想,如果有人提问,"我也不想回答……对我来说,什么都一样。"

午饭后,米哈伊尔·阿维梁内奇来了,给他带来了四分之一磅的茶叶和一磅果冻。达留什卡也来了,在床边站了整整一个钟头,脸上的表情麻木又悲伤。霍伯托夫医生也来看他。他拿来一瓶正经药水,吩咐尼基塔烧点什么东西熏熏这间病室。

临近傍晚,安德列·叶菲梅奇死了,死于中风。起初他感到一阵阵猛烈的寒战和恶心；仿佛有一种使人想要呕吐的邪气渗透了他的身体，甚至钻进了手指尖儿，那股邪气从肚子里往上涌，涌进他的大脑，刺激他的眼睛和耳朵。他眼前的一切都变成了绿色。安德列·叶菲梅奇明白他的末日到了。他想起了伊万·德米特里奇、米哈伊尔·阿维梁内奇，想起了成千上万的人，他们全都相信长生不老。万一真的会永生不死呢？不过，他并不期望永生，那种念头不过是眨眼之间就消失了。昨天他看书，看到一群格外优雅美丽的鹿从他眼前跑过去了。随后有个农妇向他伸过手来，手里拿着一封挂号信……米哈伊尔·阿维梁内奇说了句什么话。然后一切景象全都消失了，安德列·叶菲梅奇沉入了无边的黑暗。

杂役们走过来,抓住他的胳膊和双腿,把他抬到小教堂里去了。在那儿他躺在桌子上,睁着两只眼睛,夜晚的月光照着他。转天早晨,谢尔盖·谢尔盖伊奇来了,对着耶稣钉在十字架上的雕像虔诚地祷告,然后他亲自用手抚摸,让他的前任长官闭上了眼睛。

过了一天,人们埋葬了安德列·叶菲梅奇。送葬的只有米哈伊尔·阿维梁内奇和达留什卡。

【全书完】

新流
xinliu

产品经理_于志远　特约编辑_李睿　营销经理_郭玟杉

封面设计_朱镜霖　出版监制_吴高林

流动的智慧　永恒的经典

图书在版编目（CIP）数据

第六病室 / （俄罗斯）安东·巴甫洛维奇·契诃夫著；谷羽译. -- 南京：江苏凤凰文艺出版社，2025.5.
ISBN 978-7-5594-9581-5

Ⅰ. I512.44

中国国家版本馆CIP数据核字第2025JV9208号

第六病室

[俄罗斯] 安东·巴甫洛维奇·契诃夫 著　谷羽 译

责任编辑	白　涵
特约编辑	李　睿
装帧设计	朱镜霖
责任印制	杨　丹
出版发行	江苏凤凰文艺出版社
	南京市中央路165号，邮编：210009
网　　址	http://www.jswenyi.com
印　　刷	天津中印联印务有限公司
开　　本	890毫米×1260毫米　1/64
印　　张	2.875
字　　数	49千字
版　　次	2025年5月第1版
印　　次	2025年5月第1次印刷
书　　号	ISBN 978-7-5594-9581-5
定　　价	29.80元

江苏凤凰文艺版图书凡印刷、装订错误，可向出版社调换，联系电话：025-83280257